भारत कथा माला

21 श्रेष्ठ बालमन की कहानियां

राजस्थान

संपादक

बुलाकी शर्मा

डायमंड बुक्स

www.diamondbook.in

प्रकाशक : डायमंड पॉकेट बुक्स (प्रा.) लि.
X-30, ओखला इंडस्ट्रियल एरिया, फेज-II
नई दिल्ली-110020
फोन : 011-40712200
ई-मेल : sales@dpb.in
वेबसाइट : www.diamondbook.in
संस्करण : 2022

---

21 Shreshth Balman Ki Kahaniyan : Rajasthan
By : *Bulaki Sharma*

प्रकाशकीय

मैं कई वर्षों से चिंतन कर रहा था कुछ ऐसा साहित्य प्रस्तुत किया जाये जिसमें भारत के जन साहित्य का प्रतिनिधित्व हो सके।

हर वर्ष एक नया प्रयोग करने की इच्छा के अनुरूप 1 जनवरी 2021 की सुबह मैंने यह संकल्प लिया कि **'भारत कथा माला'** उभरते हुए रचनाकारों की रचनाओं को प्रकाशित किया जाए। यहीं से भारत कथा माला का जन्म हुआ।

स्वतंत्रता की 75वीं वर्षगांठ **(अमृत महोत्सव)** पर डायमंड बुक्स द्वारा 28 राज्यों और 9 केंद्र शासित प्रदेशों की विभिन्न भारतीय भाषाओं की हिन्दी में रचनाएं प्रकाशित की हैं जिसमें प्रत्येक राज्य से चार पुस्तकें 21 श्रेष्ठ नारीमन की कहानियां, 21 श्रेष्ठ बालमन की कहानियां, 21 श्रेष्ठ युवामन की कहानियां और 21 लोक-कथाएं शामिल हैं।

इस कथा माला में शामिल रचनाकार पुष्प के समान हैं जिनमें साहित्य की महक मौजूद है, जिनके हर फूल में सुगंध है। मैं उन सभी कलम के जादूगरों व कलम के सिपाहियों, जिन्होंने अपनी क्षुति, स्मृति और विद्या से इस कथा माला को संवारा, अभिनन्दन करता हूं।

भारत कथा माला के द्वारा मुझे अवसर मिला है कि इसके हर पुष्प को मैं समर्पित करूं। एक प्रकाशक के रूप में मैं उन सबका ऋणि हूं, जिन्होंने मेरी 60 वर्षों की प्रकाशन यात्रा में गर्व करने का अवसर दिया।

यह पुस्तक समर्पित है,
प्रिय मित्र प्रदीप मित्तल और नीरु भाभी को,
जिन्होंने मित्रता को एक नई परिभाषा दी।

मेरा मत है कि भारत एक विशाल देश है, जिसमें अनेक सभ्यताओं, परंपराओं का समावेश है। विभिन्न राज्यों के त्योहार-पर्व, रहन-सहन का ढंग, शैक्षिक अवस्था, वर्तमान और भविष्य का चिंतन, भोजन की विधियां, सांस्कृतिक विकास, मुहावरे, पोशाक और उत्सव इत्यादि की जानकारी भी

कथा-कहानी के माध्यम से मिलती है। इस बात का ध्यान रखते हुए कि भारत के सभी प्रदेशों के निवासी, साहित्य के माध्यम से एक-दूसरे को जानें, समझें और प्रभावित हो सकें, इसलिए ऐसा साहित्य उपलब्ध करवाना हमारा प्रमुख उद्देश्य बन गया था। 2 साल की कड़ी मेहनत के बाद डायमंड बुक्स द्वारा इस वर्ष **'भारत कथा माला'** का प्रकाशन संभव हुआ। 28 राज्यों और 9 केन्द्र शासित प्रदेशों के लगभग 3000 लेखकों और 100 सम्पादकों की अथक मेहनत का परिणाम है 'भारत कथा माला'। इस कथा माला में लगभग 126 पुस्तकें प्रकाशित हुईं जिनमें 3000 से अधिक रचनाओं को शामिल किया गया है। 'अमृत महोत्सव' की इस पावन बेला पर यह एक महती कार्य हुआ है जो हिन्दी के पाठकों के लिए एक अलग तरह का अनुभव प्रदान करेगा।

डायमंड बुक्स ने अपनी लम्बी यात्रा में हिन्दी, अंग्रेजी और भारत की अन्य प्रमुख बारह भारतीय भाषाओं में लगभग दस हजार से अधिक पुस्तकें प्रकाशित की हैं। प्रतिदिन एक पुस्तक प्रकाशित करने का हमारा रिकॉर्ड आज भी कायम है।

यह प्रेरणा हमें अपने दादा जी से मिली, जिन्होंने 1928 मुलतान (पाकिस्तान) से प्रकाशन शुरू किया, यह प्रकाशन यात्रा दिल्ली में 1948 से शुरू हुई और अब चौथी पीढ़ी तक अनवरत चली आ रही है।

नरेन्द्र कुमार वर्मा
nk@dpb.in

संपादकीय

बाल-मन के पारखी राजस्थान के बाल-कथाकार

बाल कथाओं पर बात शुरु करते हुए मुझे श्री विष्णु शर्मा द्वारा बालकों के बारे में कहे वचन स्मरण हो रहे हैं -

यत्रवे भाजने लग्न: संस्कारो नान्यथा भवेत्।

कथाच्छले न बालानाम् नीतिस्तदिह कथ्यते।

उन्होंने कहा है कि जिस प्रकार कच्ची मिट्टी के घड़े पर लगाया गया निशान उस घड़े पर सदैव रहता है, उसी प्रकार बाल्यावस्था में जो संस्कार बनते हैं, उनकी छाप व्यक्ति के व्यक्तित्व पर जीवनपर्यन्त बनी रहती है।

स्पष्ट है कि बाल्याकाल में जैसे संस्कार बच्चे को मिलते हैं, उसका उस पर गहरा प्रभाव पड़ता है। पारिवारिक और आसपास की स्थितियों और परिस्थितियों से वह संस्कार ग्रहण करता है और यही संस्कार उसके व्यक्तित्व की निर्मिति का प्रमुख कारक बनता है।

वर्डसवर्थ ने 'बच्चे को मनुष्य का पिता' बताकर सम्पूर्ण मानव जाति को यही संकेत दिया है कि बच्चों के शारीरिक और मानसिक स्वास्थ्य का पूरा ध्यान रखकर ही हम इस संसार को सहज, सरल, निश्छल और निष्कलुष रख सकेंगे। हममें बचपन बचा रह सकेगा। बचपन को बचाये रखने के लिए हमें बाल-मन की भावनाओं को समझना होगा। उन पर स्वयं के सपने थोंपने की कोशिश नहीं करेंगे। उन्हें स्वतंत्र इकाई मानते हुए उन्हें अपने मन के अनुकूल काम करने की स्वतंत्रता देंगे। उनकी जिज्ञासुवृति को हतोत्साहित नहीं, प्रोत्साहित करेंगे। कवि डोरोथी एल्डिस ने बच्चों के मन में झांकते हुए उनके मनोभावों को इन शब्दों में हमारे सामने रखा है -

सभी कहते हैं कि मेरी छवि आंट बिया जैसी है

सभी कहते हैं कि मेरी चाल पिता जैसी है

पर मैं तो स्वयं की तरह दिखना चाहता हूं।

अच्छा और सच्चा बाल साहित्यकार यही करता है। वह बालक की स्वायतत्ता का सम्मान करते हुए जैसा वह है, उस वैसा ही दिखाता है। यह काम बहुत दुष्कर है, परकाया प्रवेश जैसा। बालकों के मनोभावों को आत्मसात करके वही लिख सकता है जिसने अपने बचपन को बचाये रखा है। अपने में बसाये रखा है। ऐसा सृजन ही बालकों को आनंदित करता है, उस प्रेरित करता है और उसके व्यक्तित्व की निर्मिति करता है।

बाल-मन को मान देने की प्रेरक पहल की है डायमण्ड पॉकेट बुक्स प्रा. लि. के निदेशक श्री नरेन्द्र कुमार वर्मा और संपादक श्री एम.एम. चन्द्रा ने। बाल-मन की भावनाओं को पूरी संवेदनशीलता से महसूसते हुए उन्होंने 'बाल-मन की कहानियां' श्रृंखला का शुभारंभ किया है। इस श्रृंखला के माध्यम से भारतीय भाषाओं की कहानियों का आनंद बालक ले रहे हैं। राजस्थान के लेखकों द्वारा लिखित 'बाल-मन की कहानियां' का प्रकाशन भी इसी श्रृंखला के अंतर्गत हो रहा है। इसके संपादन का दायित्व मुझे सौंपा गया, इसके लिए मैं डायमण्ड का कृतज्ञ हूं।

बालक दुनिया के किसी कोने में बसता हो, उसका मन एक जैसा होता है। कल्पनशीलता, उत्सुकता और कौतुहल से लबालब। उसे कहानियां सुनना अच्छा लगता है। कहानी सुनते हुए उसकी उत्सुकता बनी रहती है कि आगे क्या होगा? बचपन में कहानियां सुनते हुए हम बड़े हुए हैं। पहले दादी-नानी बच्चों को कहानियां सुनाया करती थीं। इसके पीछे मूल भाव होता बच्चों को शिक्षा प्रदान करना और उनकी जिज्ञासा को शांत कर आनंद प्रदान करना। पढ़ने-लिखने में रुचि न लेने वाले राजकुमारों को पंडित विष्णु शर्मा ने 'पंचतंत्र की कहानियों' के माध्यम से शिक्षा दी थी। उन्होंने बाल-मन को समझते हुए पशु-पक्षियों की कहानियों को इतनी सरसता से सुनाया कि राजकुमारों ने आनंद के साथ शिक्षा ग्रहण की।

बच्चों की कल्पनाशीलता उनकी दुनिया को विराट बनाये रखती है। उनके लिए असंभव कुछ भी नहीं। वे चांद और सूरज से भी अपनापा रखते हैं और भयानक शेर के साथ मासूम खरगोश से भी। उन्हें पेड़, पौधों से प्यार है, वह उनके लिए संभव है। वे कल्पना के घोड़े पर सवार होकर असंभव को संभव कर देते हैं। इसीलिए बच्चों के लिए लिखना, सहज नहीं, बहुत दुष्कर है। विश्व कवि रवीन्द्र नाथ टैगोर ने कहा है, 'बच्चों के मन पर नयेपन का ज्यादा गहरा असर पड़ता है। बच्चों के लिए अद्भुत कुछ भी नहीं होता। वह अभी तक दुनिया में संभाव्य की आखिरी

सीमावर्ती दीवार के चारों ओर तक सिर पीटकर लौटे नहीं हैं। बच्चों के मन में संभव-असंभव के बीच की सीमा को लेकर किसी तरह का विवाद नहीं उठता।'

हमारे देश के अन्य राज्यों के बाल-कथाकारों की तरह ही हमारे राजस्थान के बाल-कथाकार भी बाल-मन में झांकते हुए अपनी कहानियों के माध्यम से उनके कल्पनाशील संसार को पूरी संवेदना के साथ इतनी सरसता से रचते रहे हैं कि बच्चे पूरी उत्सुकता से उन्हें पढ़ते-सुनते हुए आनंदित होते हैं और आनंद के साथ उन्हें अच्छा नागरिक बनने की शिक्षा स्वत: मिल जाती है।

बाल-मन की कहानियों के सृजन में राजस्थान के बाल-कथाकारों का अवदान अविस्मरणीय रहा है। यहां के बाल-कथाकारों की कहानियां राष्ट्रीय स्तर की पत्र-पत्रिकाओं में नियमित और निरंतर प्रकाशित होती रही है। उनके महत्त्वपूर्ण अवदान की चर्चा के बिना हिन्दी बाल-मन कथा साहित्य की चर्चा अपूर्ण ही रहेगी। बाल साहित्य के प्रति आलोचकों का दृष्टिकोण आज भी सहज और सकारात्मक कम है। बच्चों के लिए लिखना, बड़ों के लिए लिखने से भी ज्यादा मुश्किल होते हुए भी आलोचकों ने इसे उपेक्षित-सा मान रखा है। बाल-कहानियों, उपन्यासों आदि पर विस्तार से लिखने में झिझक महसूस करते हैं, या कहें, उसे अन्य विधाओं के समकक्ष मानने को तैयार नहीं। बावजूद इसके, हमारे राजस्थान के बाल-कथाकार बच्चों के प्रति अपने दायित्व का निर्वाह करते हुए निरंतर स्तरीय लिख रहे हैं। उन्हें अपने नाम की नहीं, बच्चों की चिंता है। उनके सृजन को राष्ट्रीय स्तर पर मान-सम्मान और प्रतिष्ठा मिल रही है। बाल-कथाकार गोविन्द शर्मा को साहित्य अकादेमी, नई दिल्ली के हिन्दी बाल साहित्य पुरस्कार से समादृत किया गया है। वे राजस्थान के पहले ऐसे बाल-साहित्यकार हैं जिन्हें यह पुरस्कार अर्पित किया गया है। बाल वाटिका के संपादक बाल-कथाकार डॉ. भैरूंलाल गर्ग हमारे राजस्थान के इकलौते लेखक हैं जिन्हें उत्तर प्रदेश हिन्दी संस्था का दो लाख रुपये का प्रतिष्ठित 'बाल साहित्य भारती सम्मान' अर्पित किया गया है। विश्व बुक ऑफ रिकार्ड में नाम दर्ज कराने वाले राजस्थान के बाल-कथाकार डॉ. अंजीव अंजुम दिल्ली पब्लिक लाइब्रेरी बोर्ड के एक लाख पचास हजार रुपये के 'बाल साहित्य श्रीसम्मान' से अलंकृत हैं।

ये तो नाम मात्र के उदाहरण दिये हैं मैंने राजस्थान के बाल-मन के कथाकारों की उपलब्धियों के। यहां का बाल-कथाकार पूरा सजग है। देश-दुनिया में होते परिवर्तनों को ध्यान में रखकर बाल मनोविज्ञान के आधार पर सृजन करता रहा है।

ई-क्रांति के इस ग्लोब्लाइजेशन समय की चुनौतियों को जानते-समझते हुए वह बाल-मन को टटोलते हुए विविध विषयों को कथा में पिरोते हुए रोचक शिल्प और शैली में लिखता रहा है, जिसे पढ़ते हुए बच्चों का कौतुहल बना रहता है कि आगे क्या होगा? वह जानता है कि जब बड़ों में पढ़ने की प्रवृति दिनों-दिन कम होती जा रही है, तब बच्चों में पढ़ने की प्रवृति को बनाये रखते हुए उसे कैसे पल्लवित-पुष्पित किया जा सकता है।

क्षेत्रफल की दृष्टि से राजस्थान हमारे देश का सबसे बड़ा राज्य है। यहां का इतिहास पूर्व पाषाणकाल से शुरू होता है। प्राचीनकाल में यहां मरुस्थल नहीं था। सरस्वती जैसी विशाल नदियां, कल-कल बहती थीं। नदी घाटियों पर हड़प्पा, ग्रे-वेयर, रंगमहल जैसी संस्कृतियां फली-फूली। खुदाई में कालीबंगा के पास विकसित नगर सभ्यता का पता चलता है, जो लगभग पांच हजार साल पुरानी है। यहां मरुस्थल है तो पर्वत भी है। अपने आप में अनूठा और विरल है राजस्थान।

यहां के रणबाकुरों की शौर्य गाथाएं पूरे विश्व में विख्यात है। महाराण प्रताप, महाराणा सांगा जैसे महान यौद्धा, पन्ना धाय जैसी बलिदानी और त्यागमयी माता, मीराबाई जैसी कृष्णभक्त कवयित्री की गौरव गाथाएं राजस्थान ही नहीं, पूरे देश में गाई जाती है।

यहां का बाल-कथाकार राजस्थान की माटी का मान बढ़ाते हुए बच्चों के लिए बेहतरीन कथाएं लिख रहा है। यहां के बाल-कथाकारों की कहानियां नीरस नहीं, सरस हैं। इकरंगी नहीं, बहुरंगी इंद्रधनुषी हैं। इनमें राजस्थान के गर्वीले इतिहास और रणबांकुरों की प्रेरक गाथाएं हैं, वहीं राष्ट्र के लिए जीवन न्यौछावर करने वाले शहीदों की वीर गाथाएं भी। लोकजीवन और लोक संस्कृति में रची-बसी मानवीय मूल्यों के प्रति आस्था और विश्वास जगाने वाली कथाएं हैं, वहीं विश्व के महापुरुषों के जीवन प्रसंगों को लेकर प्रेरक कथाएं भी हैं। इनमें विज्ञान की उपलब्धियों का चमत्कार है, वहीं वैज्ञानिक शोध-खोज से उपस्थित होती चुनौतियां भी हैं। पशु-पक्षियों के प्रति प्रेम जगाती कथाएं हैं, वहीं अंधविश्वासों पर चोट करती कथाएं हैं। प्राकृतिक संसाधनों के संरक्षण और प्रदूषण मुक्ति के प्रति प्रेरित करती कथाएं हैं, वहीं जीव मात्र के प्रति सहिष्णु बनने का संदेश देती कथाएं भी।

यहां का बाल-कथाकार बाल-मन का पारखी है। बच्चों के मनोभावों को समझकर लिखता है। इस संग्रह की कहानियां पढ़कर हमें लगेगा कि स्वयं को आरोपित किये बिना, बाल-मन की सरस-सहज कहानियां ऐसी ही होती है, बच्चे

जिन्हें चाव से पढ़ेंगे, आनंदित होंगे, साथ ही उनके अभिभावकों को भी उतना ही आनंद आयेगा।

सभी सहभागी बाल-कथाकारों का आभार। उनके रचनात्मक सहयोग से ही यह काम संभव हो पाया है। डायमण्ड पॉकेट बुक्स का विशेष आभार कि उन्होंने इस महत्ती श्रृंखला में राजस्थान के बाल-मन के कथाकारों को शामिल किया।

बुलाकी शर्मा
संपादक
सीताराम द्वार के सामने
जस्सूसर गेट के बाहर,
बीकानेर-334001
मो. 9413939900

विषय सूची

लक्ष्मी नारायण रंगा

डी-96-97, मुरलीधर व्यास
नगर, बीकानेर-334001
मो. : 9928629444

4 फरवरी 1934 को बीकानेर में जन्मे लक्ष्मीनारायण जी रंगा हिन्दी और राजस्थानी के लब्ध प्रतिष्ठ साहित्यकार हैं। कविता, कहानी, नाटक, संस्मरण, रेखाचित्र, व्यंग्य समेत अनेकानेक विधाओं में निरंतर सृजनरत रंगा जी की 74 पुस्तकें प्रकाशित हैं। उनका चर्चित नाटक 'अमर शहीद' कई वर्षों तक राजस्थान माध्यमिक शिक्षा बोर्ड के पाठ्यक्रम में पढ़ाया जाता रहा है। उनका राजस्थानी नाटक 'पूर्ण मिदम' साहित्य अकादेमी नई दिल्ली द्वारा पुरस्कृत है। राजस्थान संगीत नाटक अकादमी, जोधपुर, राजस्थानी भाषा साहित्य एवं संस्कृति अकादमी, बीकानेर सहित अनेक प्रतिष्ठित संस्थाओं से सम्मानित-पुरस्कृत रंगाजी बच्चों के लिए भी बराबर सृजन करते रहे हैं। बाल रंगमंच के क्षेत्र में नूतन प्रयोग कर उन्होंने बच्चों को रंगकर्म के प्रति प्रेरित करने का महती कार्य किया है। वर्तमान में स्वतंत्र लेखन करते हुए वे नालंदा सीनियर सैकेण्डरी स्कूल के मानक प्रबंध निदेशक के रूप में बच्चों को शिक्षित और संस्कारित कर रहे हैं।

वह इन्तजार करता रहा

अकाल फिर पड़ गया। खेत सूखे पड़े थे। कुए-तालाब सूख रहे थे। गाँव में भूख-प्यास बढ़ रही थी। बेकारी का तो कहना ही क्या? सभी घर उदास, सभी झोपड़ियां दुःखी। सभी आँगन उदास, सभी गलियाँ दुःखी। हर नारी उदास, हर पुरुष दुःखी। सभी पशु-पक्षी पीड़ित। यह अकाल बार-बार क्यों पड़ता है?

शिव शहर में पढ़ा युवक बहुत दुःखी था। क्या करे वह? कैसे पेट भरे अपना? अपने परिवार का? बूढ़े माँ-बाप का? भाई-बहनों का? वह बहुत दुःखी था। पढ़ा-लिखा और जवान होकर भी वह कुछ नहीं कर पा रहा था। उसे अपनी पढ़ाई और जवानी पर गुस्सा आ रहा था। पर क्या करे? गाँव में रोजगार कहाँ? यही सोचता हुआ वह जा रहा था। उसे लगा कोई उसे पुकार रहा है। नजर उठाई तो सामने खड़ा नरेश उसे पुकार रहा था।

नरेश उसके साथ शहर में पढ़ता था। उसकी थोड़ी-बहुत दोस्ती भी थी। शिव पढ़कर गाँव आ गया। नरेश शहर में ही रह गया। नरेश ने शानदार सूट पहन रखा था। टाई बांधे था। सिर पर फेल्ट हैट। आँखों पर काला चश्मा। शानदार चरमराते चमकते जूते। उसके चेहरे पर हँसी बिखरी हुई थी।

नरेश ने कहा, 'तीन बार पुकार चुका हूँ प्यारे, पर तुम्हारे तो अन्दाज निराले।' हँसकर बोला, 'यह क्या हाल बना रखा है तूने? फटेहाल-बिखरे बाल, चेहरे पे उदासी, आँखें प्यासी। क्या बात है?' नरेश पास आता हुआ बोला। शिव ने हाथ मिलाकर कहा, 'क्या बताऊँ? देखलो, गाँव अपनी कहानी खुद ही सुना रहा है। अकाल खाए जा रहा है गाँव को। न कोई रोजी है, ना रोटी...'

बीच में ही बोल उठा नरेश, 'अरे मेरे दोस्त! जब तक नरेश जिन्दा है, तेरे लिए रोजी-रोटी की क्या कमी? चल मेरे साथ शहर। हजारों नौकरियाँ तेरे पाँवों में बिछा दूं।'

शिव को अच्छा नहीं लगा। उसने कहा, 'ठहर, मैं अभी तुम्हारे ठहरने का

प्रबन्ध करके आता हूँ।'

'नहीं, नहीं, मैं ठहरूंगा नहीं। मेरे पास समय कहाँ? यह तो तेरा प्यार मुझे यहाँ खींच लाया। मुझे दूसरे शहर जरूरी काम से जाना है। वैसे ही देरी हो गई।' नरेश ने कहा।

'क्या पैदल आए हो?' शिव ने पूछा।

'नहीं, उस घर के पीछे मेरी मोटरसाइकिल खड़ी है। अच्छा, तू तैयार होकर आजा। शहर चलें। कहाँ गाँव की धूल फांक रहा है?' नरेश ने कहा।

'पर...' सोचते हुए शिव ने कहा।

'पर-वर को मार गोली, पता नहीं इस नीरस गाँव में तू कैसे रह रहा है? मेरा तो इतनी-सी देर में दम घुटने लगा। कहाँ शहर की रंगीनियाँ, वो जादू भरा संगीत, वो मस्ताने नाच, वो झिलमिलाती रोशनियाँ, वो रंगीन सिनेमा, वो जान लेने वाली सुन्दरता, हाय। चल मेरे दोस्त! जिन्दगी का मजा लूट ले। चल तेरे को शानदार नौकरी भी दिलाऊंगा और भरपूर मजा दिलाऊंगा। जल्दी कर मेरे पास समय नहीं है।' नरेश ने शहर का रंगीन चित्र खींचा।

'माताजी-पिताजी से पूछ आता हूँ?' जोर से हँसा नरेश, 'वाह मेरे मिट्टी के माधो! अभी दूध पीता बच्चा ही है क्या जो माँ-बाप से पूछकर आएगा?' वह हँसता जा रहा था। 'अच्छा जल्दी आ, मैं यहीं खड़ा हूँ।'

गाँव में रहूं या शहर चला जाऊं? यही सोचता हुआ वह घर की ओर चला। माँ-बाप को समझाया। शहर में नौकरी मिल जाएगी। मैं आपको पैसा भेजूंगा। गाँव में भूखे-बेकार घूमने से क्या फायदा? मन मारकर माँ-बाप ने आज्ञा दे दी।

शिव अपना थोड़ा-सा सामान लेकर चला। रास्ते में उसे गीता मिली। गीता उसकी बचपन की सहेली थी। वह भी अपने मामा के यहाँ शहर में पढ़कर आई थी।

गीता ने सामान लिए देखकर दुःख से पूछा, 'तुम कहाँ जा रहे हो, शिव?'

हिचकिचाते हुए शिव बोला, 'मैं... मैं शहर जा रहा हूँ...'

'क्या? गाँव छोड़कर शहर जा रहे हो? क्यों?' गीता बीच में ही पूछ बैठी। उसके चेहरे पर दुःख और आश्चर्य की भावना थी।

'नौकरी करने।' शिव ने उत्तर दिया।

'नौकरी करने?' गीता ने दोहराया। 'शहर की नौकरी करने? अपना पेट भरने? अपने परिवार को पालने? पर शिव! फिर गाँव की सेवा कौन करेगा? क्या गाँव के लिए तुम्हारी कोई जिम्मेवारी नहीं? क्या गाँव का तुम पर कोई अधिकार नहीं?'

'अधिकार क्यों नहीं? यह मेरी जन्मभूमि है... पर... पर...' हिचकिचाता शिव बोला।

'पर क्या? जिस माटी ने तुम्हें जन्म दिया उस पर आफत आई, तो तुम भाग छूटे। गाँव अकाल से मर रहा है और तुम शहर की रंगीनियाँ लूटने जा रहे हो? क्या इस गाँव के लिए, गाँव वालों के लिए तुम्हारे दिल में कोई पीड़ा नहीं?' गीता के शब्दों में पीड़ा थी।

'पीड़ा? बहुत गहरी पीड़ा है, गीता! पर मैं क्या करूं? बिना रोजी-रोटी कैसे रहूं?' दुःख से आह भरकर शिव बोला।

'रोजी-रोटी ही सब कुछ नहीं होती, शिव! उससे भी बड़ा है प्रेम। अपनी जन्मभूमि से प्रेम। अपनी मातृभूमि से प्रेम। अपने लोगों से प्रेम। रोजी-रोटी अपने आप नहीं मिलती। उसके लिए कठोर मेहनत करनी पड़ती है। कठोर मेहनत करके तुम गाँव में भी रोजी-रोटी कमा सकते हो। ढूंढने पर रोजी-रोटी तो क्या, भगवान भी मिल जाते हैं।' गीता ने शिव को प्रेरणा दी।

'वो तो ठीक कहती हो गीता! पर तुम्ही बताओ, गाँव में हम क्या कर सकते हैं? मुझे तो कुछ भी नजर नहीं आता। सारे खेत सूख गए, सारी हरियाली सूख गई। कुए सूख गए। तालाब सूख गए। अनाज सूख गया। चूल्हा बुझ गया। मन और प्राण सूख गए। क्या करूं गाँव में रहकर? मुझे जाना पड़ेगा शहर।' मजबूरी झलक रही थी शिव की वाणी में। फिर वो अचानक आगे बोला, 'पर मैं अकेला क्या कर सकता हूँ? कोई साथ नहीं देगा। मुझे तो मजबूरन शहर जाना ही पड़ेगा।'

गीता बोली, 'अपना सिर ऊँचा उठाओ, शिव! मुझसे नजर मिलाओ। मेरी आँखों में झांको। देखो, इनमें विश्वास झलक रहा है, यदि तुम्हें मुझ पर विश्वास है तो मैं तुम्हारा साथ दूंगी। मैं तुम्हारे साथ नई गंगा खुदवाऊंगी।' गीता विश्वास की मूर्ति बन गई।

'पर दो से क्या होगा?' फिर शिव ने पूछा।

'दो सौ बन जाएंगे, शिव तुम चिन्ता मत करो।'

'पर शहर...' शिव हिचकिचाया।

'शहर की रंगीनियाँ, शहर की रौनक, शहर का आकर्षण तुम्हें अपनी ओर खींच रहा है। पर इस गाँव ने तुम्हें जन्म दिया है। क्या अपनी माँ को दुःख में छोड़कर भाग जाना चाहते हो?' गीता ने दुःख से पूछा। फिर वह बोली, 'ये सूखे खेत तुम्हें पुकार रहे हैं। इन खेतों का अन्न तुम्हारी रगों में खून बनकर बह रहा है।

ये सूखे पड़े तुम्हें बुला रहे हैं, जिनकी ठण्डी छाया में तुम्हारा बचपन बीता। ये सूनी गलियाँ तुम्हें आवाज दे रही हैं, जहाँ तुम्हारे बचपन ने खेल-भागकर जवानी पायी है। इस माटी का प्यासा कण-कण तुम्हें बुला रहा है, जिससे तुम्हारा शरीर बना है। प्यासे तालाब, नहर तुम्हें पुकार रहे हैं, जिनका पानी पीकर तुम पानीदार बने हो। यहाँ की हवाएँ तुम्हें पुकार रही हैं, जो प्राण बनकर तुम्हारे दिल में धड़क रही हैं। ये उजड़ती गाँव की झोपडियां तुम्हारा मुँह देख रही हैं। गाँव की माताओं के दुःखी हृदय अपने लाल को पुकार रहे हैं। गाँव के बूढ़े चेहरे अपने लाडले की तरफ नजर लगाकर बैठे हैं। सब की नजर तुम पर है, शिव! तुम पर टिकी है और तुम चोर की तरह नजरें छिपाकर भाग रहे हो? गाँव का प्रेम तुम्हें चीख-चीखकर पुकार रहा है। इस माटी का कण-कण तुम्हारे प्यार का प्यास है। इस हवा का एक-एक झोंका तुम्हारे स्नेह का प्यासा है। इस गाँव की एक-एक पगडण्डी तुम्हारे पाँवों को चूमने को व्याकुल है। पेड़ों की एक-एक टहनी तुम्हें छूने के लिए आकुल हैं। अगर इनके प्यार को छोड़कर, अगर इन सब के प्यार को तोड़कर जा सकते हो तो जाओ?' भावावेश में हाँफते हुए गीता बोली।

'नहीं जाऊँगा गीता! नहीं जाऊँगा। मैं अपने स्वार्थ के लिए, शहरों की रंगीनियों के लिए माँ का प्रेम नहीं बेच सकता। गांव में ही रहूंगा मैं।'

और गाँव का शिव नहीं गया। शहरी नरेश इन्तजार करता ही रहा।

हरदर्शन सहगल

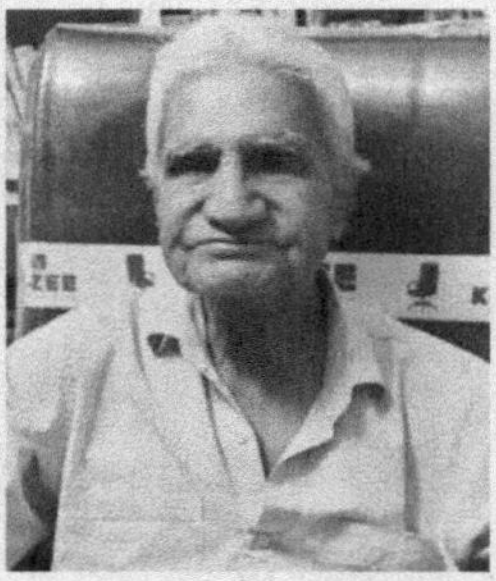

5-ई-9, डुप्लैक्स कॉलोनी,
बीकानेर-334003 राजस्थान
मो. : 0151-2429067

सहगल साहब का जन्म 26 फरवरी 1935 को गांव कुंदिया जिला मिंयावली में हुआ, जो अब पाकिस्तान में हैं। उनके बाल मन पर विभाजन की त्रासदी का बहुत गहरा प्रभाव पड़ा। उनका वृहद उपन्यास 'टूटी हुई जमीन' विभाजन की पीड़ा का जीवंत दस्तावेज है। आत्मकथा 'डगर डगर पर मगर' में उन्होंने अपनी सृजन यात्रा के गहरे अनुभवों से साक्षात कराया है।

कहानीकार और उपन्यासकार के रूप में राष्ट्रीय स्तर पर प्रतिष्ठित हरदर्शन सहगल बालकों के लिए भी नियमित रूप से लिखते रहे हैं। छोटे कदम लम्बी राहें, मन की घंटियां, काका और चाची सहित उनके अनेक बाल उपन्यास और बाल कहानी संग्रह प्रकाशित हैं। उनकी कहानियां बच्चों का केवल मनोरंजन ही नहीं करती, वरन उन्हें शिक्षाप्रद संदेश भी देती हैं।

आप राजस्थान साहित्य अकादमी उदयपुर, सोवियत नारी मास्को, चिल्ड्रन बुक ट्रस्ट दिल्ली, परिवार कल्याण मंत्रालय, भारत, रत्नशर्मा बाल साहित्य सम्मान समेत अनेक प्रतिष्ठित पुरस्कारों से समादृत हैं।

लंगड़ी चिड़िया

चाचीजी का पत्र आया कि निशि की परीक्षाएं समाप्त हो गई हैं। अत: वे उसे लेकर दीपक के यहां आ रहे हैं। दीपक बहुत खुश हुआ। निशि उसकी चाची की लड़की थी। वह पढ़ने और खेलने में बहुत होशियार थी। सदा प्रतियागिताओं में इनाम पाती थी।

जिस दिन निशि को आना था, उस दिन दीपक स्कूल नहीं गया। सुबह से ही तैयार होकर गाड़ी का टाइम देखता रहा। वह अपनी मम्मी और पापा के साथ स्टेशन पहुंचा। जैसे ही निशि गाड़ी से उतरी कि उसने दीपक से पूछा, 'दीपक, तुम्हारे स्कूल की छुट्टियां हो गईं ना?'

'तुम्हारे आने की खुशी में यह आज स्कूल नहीं गया।' दीपक की मम्मी ने बताया।

'ओह, मेरे कारण दीपक को पढ़ाई की हानि हुई!' निशि का ऐसा उत्तर दीपक को बड़ा अटपटा-सा लगा। वह तो आज खुश रहना चाहता था, इसलिए निशि को अपने बग़ीचे में उगे हुए नए-नए फल-फूलों के बारे में बताने लगा। बताया कि उसने कौन-कौन से खिलौने खरीदे हैं। इन बातों को सुनकर निशि प्रसन्न हुई, किंतु थोड़ी देर में ही वह दीपक से उसकी पढ़ाई के बारे में पूछने लगी तो दीपक को कुछ बुरा लगा, क्योंकि सभी टेस्टों में उसके नंबर कम आए थे और वार्षिक परीक्षाएं भी क़रीब थीं, सो क्या बताता।

इतने में घर आ गया। दीपक बात का सिलसिला बदलने के लिए उसे लंगड़ी चिड़िया की दु:खद कहानी सुनाने लगा। फिर उसने थोड़ी रोटी डाली। सचमुच हर दिन की तरह फुदकती हुई लंगड़ी चिड़िया आ गई। फिर लेटे-लेटे ही उसने खाना खाया। इसके बाद आंगन में बिखरे कुछ तिनके उठाकर वह उड़ गई।

दीपक ने निशि को बताया कि उसे इस लंगड़ी चिड़िया पर बहुत दया आती है। फिर वह उन अनजाने लोगों को बुरा-भला कहने लगा, जिन्होंने चिड़िया को

लंगड़ी बनाया था।

'क्यों अपनी जुबान ख़राब करते हो?' निशि ने दीपक को टोका, 'तुमसे तो यह चिड़िया अधिक सुखी और खुश है। देखो, यह कभी हिम्मत नहीं हारती। अपने अपाहिज होने का रोना नहीं रोती। जो हो गया सो हो गया। अब उससे क्या।'

दीपक एकटक निशि की ओर देखता हुआ उसकी बात सुनने लगा। निशि ने आगे कहा, 'देखो न दीपक! यह चिड़िया पूरे उत्साह से जीवन जीती है। अपने कर्त्तव्य का पालन करती है। तुमने अभी देखा ना! कैसे तिनका-तिनका इकट्ठा करके ले गई है। घर बनाएगी। अंडे देगी। अपने नन्हे-नन्हे बच्चों के लिए भी खाना ले जाएगी...।'

वह उसकी बातों में खो गया। एकाएक उसे अपने पर बहुत लज्जा आने लगी कि हम हाथ-पांव, मस्तिष्क ठीक-ठाक रहते हुए भी, अपने काम और पढ़ाई से जी चुराते हैं, आलस में पड़े रहते हैं, कोई-न-कोई बहाना ढूंढ लेते हैं और कर्त्तव्य से पीछा छुड़ाते रहते हैं।

निशि कह रही थी, 'मैं तुम्हें धन्यवाद तो देती हूं कि तुम मेरी ख़ातिर स्कूल नहीं गए किन्तु यदि तुम स्कूल चले गए होते तो हम सुबह के बजाए दोपहर ही मिल लेते। तब मुझे अधिक प्रसन्नता होती।'

दीपक कुछ उत्तर नहीं दे सका। उसे महसूस हुआ कि निशि अपने इन सिद्धांतों के कारण ही हमेशा टॉप पर रहती है।

तभी आंगन में उतरकर लंगड़ी चिड़िया आई और कुछ तिनके उठाने लगी। दीपक और निशि उसे देखकर मुस्कुराने लगे। मम्मी उनके लिए नाश्ता ले आई थीं।

दनेश विजयवर्गीय

श्री दिनेश विजयवर्गीय का जन्म 14 सितम्बर 1943 को कोटा में हुआ। वे राजनीति शास्त्र में एम.ए. हैं। वे बच्चों के चहेते शिक्षक रहे हैं। शिक्षा के क्षेत्र में उनके विशिष्ट योगदान पर वर्ष 1990 में उन्हें शिक्षक दिवस पर राज्य स्तर पर सम्मानित किया गया।

दिनेश जी बच्चों के लिए वर्षों से कहानियां लिखते रहे हैं। राजस्थान साहित्य अकादमी, उदयपुर से वर्ष 1991-92 में उनका बाल कहानी संग्रह 'साहस का सम्मान' पुरस्कृत किया गया। आप बाल वाटिका, भीलवाड़ा, भारतेन्दु समिति कोटा सहित अनेक संस्थाओं से सम्मानित हैं। वर्ष 2001 में स्कूल व्याख्याता पद से सेवानिवृत होने के पश्चात पूरी तरह से आप साहित्य सृजन में संलग्न हैं।

215 मार्ग 4, रजत कॉलोनी,
बूंदी-323001
मो. : 9413128514

अंधविश्वास से मुक्ति

हरी-भरी पहाड़ियों से घिरा नदी किनारे बसा था-नया गांव। वर्षों बाद वहां प्राथमिक चिकित्सालय खुला था। युवा डॉ. सुधीर वहां नियुक्त हुए थे।

अब गांव के लोगों को छोटी-मोटी बीमारी के लिये शहर नहीं जाना पड़ता था। डॉ. सुधीर के मीठे व्यवहार से अधिक से अधिक लोग वहीं से अपना स्वास्थ्य लाभ लेने लगे थे।

डॉक्टर सुधीर के एक पुत्र था - श्रीकांत। वह गांव के सरकारी स्कूल में सातवीं कक्षा में पढ़ रहा था। वह पढ़ाई में पूरी कक्षा में पहले स्थान पर था। अतः सभी अध्यापकों की भी वह पसंद बना हुआ था। जब भी किसी विषय में कोई कठिन समस्या आती तो उसका वह तुरंत सही हल निकाल देता। कक्षा के छात्र भी उसकी ज्ञानी-गुणी कुशलता से प्रभावित होने लगे थे।

कुछ ही दिनों के मेल-मिलाप से उसी की कक्षा के एक गरीब छात्र रामजस से उसकी निकटता बढ़ने लगी। अपनेपन की यह निकटता धीरे-धीरे मित्रता में बदल गयी।

अब तो दोनों मित्र साथ स्कूल जाते-आते। रामजस के सामने कभी पढ़ाई संबंधी कोई समस्या आती तो वह तुरंत उसे समझा देता। इस तरह रामजस का पढ़ाई का स्तर भी अच्छा हो गया। अर्द्ध वार्षिक परीक्षा में दोनों के सर्वाधिक मार्क्स आये। रामजस के किसान पिता भी अपने पुत्र की उपलब्धि पर खुश थे।

एक दिन श्रीकान्त घर पर ही रामजस की प्रतीक्षा कर रहा था। निश्चित समय से दस मिनिट अधिक हो गये। लेकिन वह दूर-दूर तक भी आता दिखलाई नहीं दिया। इंतजार करते हुए उसे अकेले ही स्कूल जाना पड़ा। दिन के हर पीरियड रोज की तरह गुजरते रहे। पर रामजस नहीं आया।

दूसरे दिन रामजस स्कूल समय पर श्रीकांत के घर पहुंच गया। कल स्कूल नहीं आने का कारण पूछने पर रामजस ने बताया, 'कुछ दिनों से मां की तबियत

खराब चल रही है। कभी ठीक होती है और कभी फिर गड़बड़ हो जाती है। गांव के बुजर्गों ने पिताजी को बताया कि मां को कोई ऊपर की हवा लग गई है। वही जब-तब उन्हें परेशान करती है।'

'फिर क्या किया, इलाज के लिये ?' श्रीकांत ने जानना चाहा।

'पिताजी, मां को झाड़-फूंक से इलाज कराने हेतु एक ओझा के पास ले गये। कहते हैं वह इस तरह लोगों के शरीर में घुसपैठ मचाती बीमारी को दूर कर देता है।' रामजस बताने लगा, 'ओझा के पास पहुंचने पर मां का सारा हाल-चाल पिताजी ने उसे बता दिया। उसने मां को ध्यान से देखा और बताया कि मां के शरीर में भूतनी का वास है। इसे भगाना होगा। तभी जाकर इनकी तबियत ठीक होगी।

'मां की गिरती स्थिति को देख पिताजी ने भी ठीक हो जाने के विश्वास से ओझा से उपचार के लिये बोल दिया। उसने भी तुरंत इलाज के नाम पर अपनी कार्यवाई शुरू कर दी।

'ओझा पहले तो मुंह से मंत्र पढ़ने लगा। फिर झाड़-फूंक करने लगा और अंत में शारीरिक यातना देने वाली घोर पीड़ा से मां को गुजरना पड़ा। वह गरम सरिया मां के हाथ और पीठ पर लगाता रहा। और मुंह से बोलता रहा-चल छोड़ इसे। दूर हो जा यहां से।' मां असहनीय वेदना से चीखती तड़पती रही। कभी वह सिर के बाल पकड़ कर नीचे फर्श पर दे मारता। मां की पीड़ा और चीख भरे रूदन को देख मैं रोने लगा। और उस असहनीय दर्द भरी यातना से मां को छुड़ाने के लिये आगे बढ़ा पर पिताजी ने टोक दिया।'

'तो क्या ठीक हो गई मां ?' श्रीकांत ने उससे सहानुभूति जताते हुए कहा।

'नहीं, ठीक होना तो दूर वह तो उल्टे शरीर की पीड़ा से कराहने लगी है। घर पर ही देसी दवा का कोई लेप लगाया है।'

स्कूल से लौटने के बाद उस दिन रामजस भी श्रीकांत के यहां कुछ समय ठहर गया। श्रीकान्त ने अपने पिता को अपने मित्र की मां की तबियत के बारे में बताया और सहायता करने को कहा।

डॉक्टर सुधीर ने तुरंत रामजस की मां को अस्पताल में लाने को कहा। रामजस ने धीर से श्रीकांत से कहा - 'मां का दुबला-पतला शरीर दु:ख दर्द से परेशान है। वह ठीक से हिल-डुल भी नहीं पा रही।'

श्रीकांत ने अपने पिता को रामजस की मां हालत बताई तो वह रामजस के साथ उसके घर चले गये।

वहां देखा तो हालत चिंताजनक थी। दर्द भी अधिक था। जगह-जगह से चमड़ी जल गई थी। डॉक्टर सुधीर ने तुरंत किसी भी तरह अस्पताल लाने को कहा। वहीं पर ठीक से इलाज संभव होगा और समय पर देखभाल हो सकेगी।

रामजस की मां को अस्पताल के विशेष वार्ड में भर्ती कर तुरंत इलाज शुरू कर दिया। डॉ. सुधीर ने एक काम और किया। इस तरह के अमानवीय पीड़ा देकर इलाज करने वाले ओझा के खिलाफ पुलिस को बुलाकर उचित कार्यवाही करने को कहा। रामजस के पिता ने ओझा के खिलाफ पुलिस थाने में जाकर रिपोर्ट करा दी।

लगभग दस दिनों के इलाज के बाद स्थिति में सुधार हुआ। अब वह आराम से उठ-बैठ सकती थी पर अभी कुछ दिन और अस्पताल में रहने की बात डॉ. सुधीर ने कही ताकि भविष्य में कोई तकलीफ नहीं हो सके।

श्रीकांत के पिता डॉ. सुधीर के इलाज से आखिर वह दिन भी आ गया जब रामजस की मां मुस्कुराते हुए अपने घर आ गई और कुछ ही दिनों बाद वह पूरी तरह स्वस्थ होकर पहले की तरह घर के काम करने लगी। अंधविश्वास फैला कर जनता को गुमराह करने वाले ओझा के विरुद्ध पुलिस ने कार्यवाही की।

रामजस को अपने मित्र श्रीकांत के सहयोग पर गर्व था। डॉ. साहब के इलाज से गांव के लोग भी खुश थे क्योंकि उन्होंने जैसे पूरे गांव को ही अंधविश्वास से मुक्ति दिला दी थी।

मुरलीधर वैष्णव

ए-77, रामेश्वर नगर,
बासनी-प्रथम,
जोधपुर-342005
मो. : 9460776100

वैष्णव साहब का जन्म 9 फरवरी 1946 को जोधपुर में हुआ। आप गद्य और पद्य दोनों विधाओं में निष्णात हैं। आपकी चर्चित पुस्तकें हैं-पीड़ा के स्वर (कहानी संग्रह), अक्षय तूणीर, कितना कारावास (लघुकथा संग्रह) हैलो बसंत (कविता संग्रह), पर्यावरण चेतना की बाल कथाएं, चरित्र विकास की बाल कथाएं, जल और कमल, अबु टॉवर (बाल कहानी संग्रह) चींटी का उपकार (बालगीत संग्रह) अंजीव अंजुम के सम्पादन में मुरलीधर वैष्णव की चुनिंदा बाल कथाएं।

राजस्थान साहित्य अकादमी, उदयपुर का विशिष्ट साहित्यकार सम्मान, राजस्थान पत्रिका सृजनात्मक साहित्य पुरस्कार, सुमित्रानंदन पंत बाल साहित्य सम्मान, वीर दुर्गादास राठौड़ साहित्य सम्मान सहित अनेक पुरस्कारों-सम्मानों से अलंकृत मुरलीधर जी वैष्णव जिलान्यायाधीश जैसे विशिष्ट पद से सेवानिवृत हैं।

हबपब टोली

गंगाधर के जन्म से एक माह पहले ही उसके पिता गुजर गए थे। वे गाँव के सरकारी अस्पताल में चपरासी थे। उनका पीलिया बिगड़ गया था। गंगाधर अपनी माँ के साथ मथुरा के पास यमुना किनारे एक छोटे-से गाँव में रहता था। उसकी माँ को उसके पिता के स्थान पर दाई (प्रसाविका) की सरकारी नौकरी मिल गई थी। खाली समय में वह सिलाई का काम भी करती थी। वह गाँव में निःशुल्क प्रसव सेवाएं देती थी। साथ ही पेड़ लगाने के कार्य में भी खूब रुचि लेती थी।

आठ वर्षीय गंगाधर में अपनी माँ के सेवा-संस्कार पनपने लगे थे। उसकी माँ से ही उसे मालूम हुआ कि पीने का पानी साफ नहीं होने से उसके पिता को पीलिया हो गया था। परहेज न रखने से उनकी असमय मृत्यु हो गई थी। इसीलिए गंगाधर हमेशा साफ पानी पीने और अपने बाल मित्रों की टोली के साथ गाँव में तथा यमुना में पानी साफ रखने के कार्यों में रुचि रखता था। साथ ही उसकी टोली पेड़ लगाने में उसकी माँ का साथ देती थी। मां ने गाँव में 'हबपब' नाम से एक गैर सरकारी संस्था बना रखी थी। हबपब अर्थात् 'हरियाली बढ़ाओ पर्यावरण बचाओ'। गांव वाले भी उसमें तन-मन से जुट गये थे।

गंगाधर के नेतृत्व में बच्चों की टोली इस संस्था की बाल शाखा के रूप में काम करती थी। बाल टोली के सभी सदस्य एक-दूसरे से मिलने पर आपस में 'जय हबपब' ही पुकारते थे।

गंगाधर के गाँव से कुछ दूर यमुना किनारे ब्रह्माण्ड घाट था। कहते हैं वहाँ भगवान कृष्ण ने बचपन में मिट्टी (ब्रजरज) खाई थी। माता यशोदा के डांटने पर जब उन्होंने मुँह खोला तो मुँह में पूरा ब्रह्माण्ड दिखाई दिया। इसी कारण श्रद्धालु लोग उस घाट का दर्शन करने और वहाँ यमुना-जल का आचमन करने आते हैं। वहाँ मछलियों को चना डालते वक्त अधिकतर लोग पॉलिथीन की छोटी-छोटी थैलियाँ भी यमुना में डाल देते थे। इससे प्रदूषण बढ़ता था। गंगाधर की टोली हर

छुट्टी के दिन वहाँ घाट पर जाकर और यमुना में डुबकी लगाकर तैरने का आनंद लेती थी। साथ ही सभी पॉलिथीन और अन्य कचरे को साफ भी कर देती थी। पूरे इलाके में गंगाधर की हबपब टोली की प्रशंसा होने लगी थी।

एक बार गंगाधर ने अपने विद्यालय के शिक्षण यात्रा के दौरान एक विलक्षण दृश्य देखा। उसके बाल मन पर गंगा नदी और अपनी जटाओ में धारण करने वाले शिव भगवान के प्रति अटूट आस्था हो गई। घर लौटने के कई दिनों बाद तक वह अपने शिक्षक से सुनी राजा भगीरथ की कहानी को भूल नहीं पाया। राजा भगीरथ अपने पूर्वजों के उद्धार के लिए कठोर तपस्या कर गंगा नदी को स्वर्ग से पृथ्वी पर ले आए थे। उन्होंने असंभव-सा दिखने वाला कार्य संभव कर दिखाया था। गंगा के वेग को भगवान शिव ने अपनी जटाओं में धारण किया था। गंगाधर को अपने नाम का अर्थ भी अपने शिक्षक के बतलाने पर ही ज्ञात हुआ। उसे उसके शिक्षक ने बताया कि कोई भी पवित्र कार्य के लिए मेहनत और तपस्या करे तो ईश्वर उसमें सफलता अवश्य देता है।

गंगाधर के बाल मन पर शिव भक्ति का प्रभाव देखकर एक दिन उसकी माँ ने गंगाधर और उसके मित्रों की टोली को हबपब की बैठक में एक बात कही - 'दो दिन बाद सावन मास आरंभ होने वाला है। इस पूरे महीने में तुम सभी मिलकर यमुना किनारे बिल्व के यदि तीस पेड़ लगा दोगे तो मैं तुम सभी को शिव भगवान के दर्शन करा दूँगी।'

यह सुन कर सभी बालक आश्चर्य और खुशी से झूम उठे। गंगाधर तो माँ की घोषणा पर बहुत ही चकित था। वह इतना उत्साहित हुआ कि उसने सावन लगने का भी इंतजार नहीं किया। अपनी हबपब टोली को लेकर माँ के बतलाए गए यमुना किनारे के स्थानों पर उसी दिन से पेड़ों के लिए गड्ढे खोदने चल पड़ा। गड्ढे खोदने के बाद उन्होंने गाँव के घर-घर से गाय भैंस की खाद इकट्ठी कर ली। उसे सभी इकत्तीस गड्ढों में मिट्टी के साथ खाद मिला दी। हबपब संस्था ने बिल्व के तीस पौधों की व्यवस्था दूसरे दिन ही कर दी थी।

देखते-ही-देखते सावन के पहले पन्द्रह दिनों में ही हबपब टोली ने बिल्व के तीस पौधे यमुना किनारे नियत स्थानों पर रोप दिए। साथ ही प्रत्येक पौधे के इर्द-गिर्द पत्थरों-काँटों का घेरा बना दिया जिससे कोई जानवर उन्हें नष्ट न कर दें। अब प्रतिदिन हबपब टोली के बालक और स्वयं गंगाधर माँ से तकाजा करने लगे

'माँ हमने अपना काम कर दिया, अब कराओ हमें दर्शन शिवशंकर के।'

'जरूर-जरूर। जल्द ही तुम सबको भगवान शिव के दर्शन कराऊँगी।' माँ मुस्करा कर उन्हें धैर्य रखने को कहने लगी।

सावन की रिमझिम शुरू हो गई। देखते-ही-देखते वर्षा की झड़ी लग गई। यमुना नदी का जल स्तर खतरनाक रूप से बढ़ने लगा। गंगाधर के मकान के सामने ही बिल्व का एक विशाल पेड़ था जिसकी जड़ें जमीन से दूर-दूर तक फैली हुई थी। वैसे उस किनारे दूर-दूर तक अन्य अनेक पेड़ भी लगे हुए थे। लेकिन यमुना के उस पार दूसरे किनारे की ओर कम पेड़ लगे हुए थे। उनमें भी करीब आधा किलोमीटर तक का एक ऐसा शुष्क भाग था जिसमें इक्का-दुक्का ही पेड़ खड़े थे।

वर्षा थमने का नाम ही नहीं ले रही थी। यमुना का वेग बढ़ने से यमुना पार सामने वाले गाँव में उस बिना पेड़ वाली जमीन की मिट्टी में कटाव पैदा हो गया। वहाँ से यमुना का पानी सामने वाले गाँव के खेतों तथा कुछ घरों में घुस गया। लेकिन गंगाधर वाले गाँव के किनारे अधिक पेड़ लगे होने से उनके किनारे पर कोई कटाव तथा नुकसान नहीं हो पाया।

वर्षा कुछ थमने पर गंगाधर की हबपब टोली उसके घर आ गई। गंगाधर की माँ से जिद करने लगी कि शिव-दर्शन कराओ। गंगाधर की माँ हबपब टोली को अपने मकान के सामने स्थित विशाल बिल्व के पेड़ के नीचे ले गई।

'तो तुम सब शिव दर्शन करना चाहते हो?' माँ ने हबपब टोली के सभी बालकों के उत्सुक चेहरों की ओर मुस्कुराते हुए पूछा।

'हाँ माँ हाँ।' सभी एक स्वर में बोले।

'अच्छा तो तुम सभी इस विशाल बिल्व पेड़ को गौर से देखो। इसका मोटा तना और विशाल लम्बी भुजाएँ देख रहे हो। ऊपर से शिवलिंग-सा गोलाकार स्वरूप। जैसे शिव एक टाँग पर नृत्य कर रहे हों। तुम छोटे बच्चों की तरह इठलाते प्यारे से इसके चिकने हरे पत्ते हैं। और हाँ, सबसे बड़ी बात यह है कि जिस प्रकार शिव ने अपनी जटाओं में गंगा के पानी के वेग को धारण किया था वैसे ही इस पेड़ की जमीन में फैली विशाल जड़ें इस यमुना नदी के वेग को धारण कर उसे अपने में समा लेती है। ये जड़ें शिव की जटाएँ ही तो हैं जो नदी के वेग का सामना कर मिट्टी को कटने नहीं देती। पूरे पेड़ को शिव की तरह अटल रखती है। सामने वाले यमुना किनारे की कुछ जमीन पर पेड़ न होने से मिट्टी में कटाव हो गया। यदि वहाँ पर्याप्त पेड़ होते तो शायद कटाव नहीं होता।

'बच्चों, केवल यह बिल्व का पेड़ ही नहीं बल्कि सभी पेड़ शिव के रूप हैं।

तुम और तुम्हारी हबपब टोली ने इस बार तीस बिल्व पेड़ों के रूप में तीस बार शिवत्व की स्थापना की है। यही तो असली शिव दर्शन है।'

हबपब टोली मंत्रमुग्ध-सी उस बिल्व के पेड़ को देख रही थी। उनके भोले चेहरों पर अब दिव्य तेज की आभा थी।

गोविंद शर्मा

ग्रामोत्थान विद्यापीठ संगरिया
जिला हनुमानगढ़-335063
मो. : 941442280

बाल साहित्यकार के रूप में राष्ट्रीय स्तर पर खास पहचान रखने वाले गोविन्द शर्मा जी का जन्म 4 जून 1946 को हुआ। आपकी बाल साहित्य की 36 पुस्तकें प्रकाशित हैं। राजस्थान, दिल्ली, महाराष्ट्र, उत्तर प्रदेश आदि राज्यों के स्कूली पाठ्यक्रमों में शर्मा जी की बाल कहानियां और बाल एकांकी कई वर्षों से शामिल हैं। प्रकाशन विभाग के भारतेन्दु पुरस्कार, राजस्थान साहित्य अकादमी, उदयपुर के शंभूदयाल सक्सेना पुरस्कार समेत अनेक पुरस्कारों से सम्मानित गोविंद शर्मा जी राजस्थान के पहले ऐसे बाल साहित्यकार हैं जिन्हें साहित्य अकादमी नई दिल्ली से वर्ष 2019 में बाल साहित्य पुरस्कार अर्पित किया गया। उन्हें यह पुरस्कार उनके बाल कथा संग्रह 'कांचू की टोपी' पर दिया गया हैं।

पेड़ और बादल

वह छोटी लड़की गुड़िया परेशान थी। उसके यहां बरसात नहीं हुई थी। उसने उड़ कर जाते बादलों से बार बार कहा–यहीं बरसो, यहीं। हमें बरसात की जरूरत है। कोई बादल न बोला, न रुका। वह रूठ कर घर के भीतर जाने वाली थी कि एक बादल रुक गया। वह बोला – पानी बरसाने के लिये हमें क्यों कह रही हो। हम तो वे बादल हैं, जो बरस कर वापस अपने घर जा रहे हैं। हमारे भीतर पानी नहीं है।

– तो, जाते समय तुम यहां क्यों नहीं रुके ? बरसात के बिना हम सब परेशान हो रहे हैं।

– हमारे कहीं और बरसने का आदेश मिला था।

– हमारे यहां कब बरसोगे तुम लोग ?

बादल ने कुछ सोचा और बोला – पानी लेकर बरसने की मेरी बारी तो अब एक महीने बाद आयेगी। तब मैं तुम्हारे लिये स्पेशल आर्डर लेकर आऊंगा। तुम्हारे यहां जरूर बरसूंगा।

गुड़िया खुश हो गई। ताली बजाकर नाचने लगी। बादल बोला – तुम्हारे घर का, खेत का पता बताओ मुझे। जब पानी से भरा होता हूं तो बरसने की जल्दी होती है।

गुड़िया ने कहा – अरे, हमारा घर तो कोई भी दूर से पहचान लेगा। देखो, घर के सामने सात पेड़ है। घर के पीछे भी सात पेड़ है। घर की दाईं तरफ तीन और बाईं तरफ चार पेड़ है। कुल हुए इक्कीस। ऐसा नजारा कहीं और देखने को नहीं मिलेगा।

– ठीक है, एक महीने के लिये बाय बाय..।

ठीक एक महीने बाद वह दिन आ गया। गुड़िया जानती थी कि जब भी बरसात आती है, उसके घर की छतें चूती हैं। वह छाता खोलकर बैठ गई। सारा दिन बैठी रही । रात में भी बादल के बरसने का इंतजार किया। कई बादल घर के ऊपर से गुजरे, पर बरसा कोई नहीं। गुड़िया सोच रही थी – हो सकता है, वह बादल अपनी ड्यूटी पर न आया हो या उसको कहीं और भेज दिया हो।

बादल देखने के लिये वह घर से बाहर आई। पहले तो वह खुद बादलों को आवाज लगाती थी, अब एक बादल खुद ही उसे देखकर रुक गया।

बादल बोला – ए गुड़िया, तुम्हारा घर कहां है?

गुड़िया खुश हो गई। अरे, यह तो वही दोस्त बादल है। अब आया है बरसने।

– अरे भाई, जहां मैं खड़ी हूं, वहीं तो है हमारा घर। जल्दी बरसों न हमारे घर पर।

– क्या कह रही हो? यह तुम्हारा घर है? एक महीने पहले तुमने मुझे घर का जो पता बताया था, यह तो वह नहीं है। तुमने बताया था कि घर के आगे सात, पीछे सात, एक तरफ तीन और दूसरी तरफ चार पेड़ है। कुल इक्कीस पेड़। मुझे तो यहां एक भी दिखाई नहीं दे रहा।

– पहले तुम बरसात कर हल्के हो जाओ। फिर बताती हूं....।

– मैंने तुम्हें बताया था कि जब हम पानी से भरे होते हैं, तब हमें बरसने की जल्दी होती है। मैंने तुम्हारा घर खूब ढूंढा। तुम्हारा घर नहीं मिला तो मैं कहीं और बरस आया हूं। मैं खाली हूं।

गुड़िया मायूस हो गई। उदास स्वर में बोली – मैंने तो रोका था, पर बापू नहीं माने। बोले – पैसों की जरूरत है। उन्होंने सारे पेड़ एक व्यापारी को बेच दिये। वह सबको काट कर ले गया।

– इसमें मेरा कोई दोष नहीं है। हम ऊपर उड़ते हुए बादल तो पेड़ों से ही जगह को पहचानते हैं। पेड़ नहीं तो बरसात नहीं। अब कुछ नहीं हो सकता। अब तो इस वर्ष का हमारा काम पूरा हो गया। अगले वर्ष...नहीं अभी तुम या तुम्हारे बापू ज्यादा नहीं तो, उतने ही पौधे उसी जगह लगा दोगे तो मैं अगले वर्ष बरसने के लिये जरूर आऊंगा।

जाते बादल को गुड़िया ने टा-टा किया, वह एक बार उदास हुई, पर सदा के लिये नहीं। अगले ही दिन सबने देखा – वह और उसके बापू पौधारोपण कर रहे हैं।

डॉ. भैरूंलाल गर्ग

सम्पादक, बाल वाटिका,
नंदभवन, कावांखेड़ा पार्क,
भीलवाड़ा-311001
मो. : 9413211900, 8
209367600

डॉ. भैरूंलाल गर्ग साहब का जन्म 01 जनवरी 1949 को सोडार जिला भीलवाड़ा में हुआ। स्वातंत्र्योतर हिन्दी कहानी में सामाजिक परिवर्तन, आज की हिन्दी कहानी, राजस्थान का हिन्दी साहित्य आदि आपकी आलोचनात्मक कृतियां हैं।

सन् 1996 से बाल पत्रिका 'बालवाटिका' मासिक का सम्पादन-प्रकाशन कर रहे गर्ग साहब की एक हजार से अधिक रचनाएं देश की प्रतिष्ठित पत्र-पत्रिकाओं में प्रकाशित हुई हैं। अनोखा उपहार, उपकार का फल, सच्चा उपहार, तलवारों पर ताला, नन्हा जासूस, मेरी प्रतिनिधि बाल कहानियां (बाल कहानी संग्रह) उत्सविका, अपना देश महान, गीत सुहाने बचपन के, जहां चाह वहां राह (बाल कविता संग्रह) आदि उनकी चर्चित प्रशंसित पुस्तकें हैं।

राजस्थान साहित्य अकादमी उदयपुर, नागरी बाल साहित्य संस्थान बलिया, शकुंतला सिरोठिया पुरस्कार सहित अनेक प्रतिष्ठित संस्थाओं से पुरस्कृत सम्मानित डॉ. गर्ग साहब राजस्थान के ऐसे पहले बाल साहित्यकार हैं जिन्हें उत्तरप्रदेश हिन्दी संस्थान का दो लाख रूपये का प्रतिष्ठित बाल साहित्य भारती सम्मान अर्पित किया गया है।

अपने काम में कैसा संकोच

दीपक पास के शहर के कॉलेज में पढ़ता था। उसके पिताजी ने उसके रहने की व्यवस्था कॉलेज के छात्रावास में करवा दी। उसे छात्रावास में खाना बना-बनाया मिलता। कपड़े भी धोबी आकर ले जाता और धोकर इस्त्री कर के दे जाता।

दीपक को पढ़ने के अलावा अब कोई काम नहीं था। इसलिए वह अब पढ़ाई में अपना पूरा समय लगाता। पिछले दो वर्षों से वह प्रथम श्रेणी से उत्तीर्ण हो रहा था। यह देख उसके माता-पिता बड़े खुश थे।

कभी लंबी छुट्टियां आतीं तब दीपक गांव आता था। कभी उसके पिताजी उससे मिलने चले जाते और उसे जरूरत की चीजें खरीदवा देते। जेब खर्च आदि के लिए उसे पैसे भी दे आते।

वैसे दीपक पढ़ाई में होशियार था और समझदार भी, लेकिन शहर में आकर और छात्रावास में रहने से उसमें काम करने की प्रवृत्ति कम हो गयी थी। दूसरे लड़कों की देखा-देखी छोटा-मोटा काम करने में भी उसे अब शर्म महसूस होने लगी थी। गांव में था तब तो अपना ही नहीं वह घर का बहुत-सा काम स्वयं ही कर लेता था। यही नहीं वह अपनी मां के काम में भी हाथ बंटाता था।

गांव से दीपक के पिताजी का पत्र आया था। उसमें लिखा था कि होली पर वैसे तो तीन दिन की ही छुट्टियां हैं, पर गांव आ जाना। वैसे भी दीपक को गांव गए तीन महीने हो गए थे।

दीपक आज गांव जा रहा था। उसने अपना सामान, कपड़े आदि अटैची एवं एक बैग में जमाए। बाजार में आया और एक ऑटोरिक्शा करके छात्रावास आया। वहां से अपना सामान ले रेल्वे स्टेशन पहुंचा। सामान अधिक नहीं था फिर भी उसने कुली द्वारा अपना सामान रेल के डिब्बे में रखवाया। गांव अधिक दूर नहीं था। दो घंटे में ही दीपक के गांव का स्टेशन आ गया।

रेलगाड़ी के रुकते ही दीपक ने प्लेटफार्म पर नजर दौड़ाई। लेकिन उसे कोई

कुली दिखाई नहीं दिया। दो मिनट बाद ही रेल ने सीटी बजा दी, रेल चलने लगी तो जल्दी-जल्दी अपनी अटैची और बैग उठाकर दीपक प्लेटफार्म पर उतरा। स्टेशन के फाटक पर खड़े टिकट कलेक्टर को अपना टिकिट दे वह प्रतीक्षालय में आ गया।

गांव का छोटा-सा स्टेशन था वह। इसलिए वहां रिक्शा, तांगा, कुली कहां? दीपक ने सोचा कि स्टेशन से उसका घर एक कि.मी. की ही दूरी पर है और अटैची और बैग में इतना वजन भी नहीं है। वह चाहे तो बैग कंधे पर लटकाए अटैची को हाथ में उठा कर ले जा सकता है। तभी उसके मन में विचार आया, 'अरे वह तो अब कॉलेज का छात्र है, ऊंची कक्षा में पढ़ता है। उसे इस प्रकार सामान से लदा देखकर गांव के लोग क्या कहेंगे?' उसने सोचा, 'कोई मजदूर ही मिल जाए तो ठीक रहेगा।'

दीपक काफी देर तक प्रतीक्षालय में आस-पास इधर-उधर देखता रहा। उसे कोई मजदूर नहीं दिखा। प्रतीक्षालय की एक बेंच पर एक ग्रामीण आदमी बैठा था, जिसने दीपक को इस प्रकार परेशान देख पूछा, 'क्यों भाई क्या देख रहे हो, कोई मजदूर चाहिए क्या?'

दीपक ने कहा, 'हां, यह अटैची और बैग लेकर चलना है। क्या तुम गांव तक पहुंचा दोगे?'

'हां-हां, क्यों नहीं? चलो!' यह कहते हुए उस आदमी ने बैग अपने कंधे पर लटकाया और अटैची हाथ में ली। दोनों गांव की ओर चल पड़े।

थोड़ी ही देर में दीपक का घर आ गया। दीपक ने अपने मकान का दरवाजा खटखटाया। तभी दीपक ने उस आदमी से कहा, 'अटैची और बैग यहां रख दो। कितने पैसे हुए तुम्हारे?' यह सुन वह आदमी कुछ नहीं बोला। इतने में दरवाजा खुला। दरवाजा दीपक के पिताजी ने ही खोला था।

दीपक ने उस आदमी की तरफ देखकर फिर कहा, 'भाई, कितने पैसे दूं? मेरा घर आ गया है।' यह सुन दीपक के पिताजी ने दीपक की तरफ देखा और तुरंत उस आदमी से गले मिलने लगे। यह देख दीपक कुछ नहीं समझ पाया।

तुरंत ही दीपक के पिताजी ने अटैची और बैग उठाया और उस आदमी को अपने कमरे में लिवा लाए। दीपक भी अंदर आ गया। थोड़ी देर में दीपक की मां भी कमरे में आ गयी। उसने उस आदमी से नमस्कार किया।

अब दीपक के पिताजी ने उस आदमी से पूछा, 'क्या दीपक आपके साथ ही आया है?'

उस आदमी ने कहा, 'हां, रेलगाड़ी से उतरने के बाद मिला था। यह अपना सामान उठा के चलने के लिए मजदूर की तलाश में था। मैंने कहा मैं ले चलता हूं और हम दोनों साथ आ गए।'

तभी दीपक के पिताजी ने दीपक की तरफ इशारा करते हुए कहा, 'दीपक, ये मेरी बुआजी के लड़के हैं। कई दिनों बाद आए हैं। एक-दो बार बीच में आए भी पर तुम यहां नहीं मिले। तुमने तो पहचाना भी न होगा। ताऊजी से नमस्कार भी किया कि नहीं।'

दीपक पर तो जैसे घड़ों पानी पड़ गया। उसने तुरंत उठकर उनके पैर छुए और बोला, 'ताऊजी, मुझे माफ करना, मैं तो आपको जानता नहीं था। मैंने आपको मजदूर समझा था, इसीलिए आपसे अटैची और बैग लाने के लिए कह दिया।' दीपक को काटो तो खून नहीं।

यह सुन दीपक के माता-पिता बड़े शर्मिंदा हुए। तभी उन सज्जन ने सारी बात दीपक के पिताजी को बतायी , 'दीपक बड़ा परेशान हो रहा था कि कोई सामान ले चलने वाला मिल जाए। पर यहां कुली, मजदूर कहां मिलता। मैं रेलगाड़ी से उतर कर बैंच पर सुस्ता रहा था। मैंने सोचा मुझे भी गांव में चलना है और इसका सामान उठा लिया और दोनों साथ घर आ गए।'

दीपक के पिताजी बोले, 'पर दीपक, तेरी अटैची और बैग में तो कुछ भी वजन नहीं है। इन्हें तो छोटा बच्चा भी उठाकर ले जा सकता है। तूने व्यर्थ में ही ताऊजी को कष्ट दिया।'

'मुझे क्या मालूम था पिताजी कि ये ताऊजी हैं। मैंने तो इन्हें कोई मजदूर ही समझा था।' दीपक ने सहमे शब्दों में उत्तर दिया।

तभी वे सज्जन कहने लगे, 'छोड़ो भाई, तुम भी बेचारे के पीछे पड़ गए। आजकल के लड़के हैं। इसीलिए, अपना सामना उठाने में शर्म आती है।'

'दीपक, इनको यहां के कई लोग जानते हैं। ये कोई साधारण आदमी नहीं हैं। अपने गांव के जाने-माने प्रतिष्ठित व्यक्ति और गांव के मुखिया हैं। फिर भी इन्हें तुम्हारा सामान उठाने में संकोच नहीं हुआ। तुम हो कि अपना काम करने में भी शर्म महसूस करते हो। तुमने इन्हें धोती-कुर्ते और साफे में देखकर यह कैसे सोच लिया कि ये कोई ग्रामीण मजदूर होंगे।' दीपक के पिताजी ने कहा।

तभी दीपक बोला, 'पिताजी, मुझे क्षमा करें। सचमुच मैं गलती पर था। अब मैं ताऊजी के सामने आपको विश्वास दिलाता हूं कि अब मैं अपना काम आप करने

में कभी संकोच या शर्म महसूस नहीं करूंगा। पिताजी सचमुच यह गलतफहमी ही है कि लोग क्या कहेंगे कि कॉलेज में पढ़ता है और सामान लादे आ रहा है।'

उसके ताऊजी कहने लगे, 'बेटा, जो आदमी अपना काम क्या दूसरों का काम करने में भी शर्म महसूस नहीं करता वही आगे जाकर बड़ा आदमी बनता है। अपना काम आप करने में एक संतोष मिलता है और स्वाभिमान का भाव भी पैदा होता है और जीवन में हर छोटे-मोटे काम के लिए हमें दूसरों का मुंह नहीं देखना पड़ता।'

'बेटा, लाख टके की बात कही है ताऊजी ने। इसे तुम्हें जीवन में उतार लेना चाहिए।' उसके पिताजी बोले।

दीपक मन-ही-मन यह संकल्प करता हुआ मंद-मंद मुस्कुरा रहा था।

आर.पी. सिंह

73, अरविंद नगर, सीबीआई
कॉलोनी, जगतपुरा, जयपुर
मो. : 9413305444

2 जून 1954 को गांव बास (अचीना) जिला भिवानी (हरियाणा) में जन्मे श्री आर.पी. सिंह भारतीय पुलिस सेवा के उच्च अधिकारी रहे हैं। सन् 1987 में आपका आई.पी.एस. में चयन हुआ और राजस्थान में संवर्ग मिला। भारतीय पुलिस सेवा के अधिकारी होते हुए भी सिंह साहब बच्चों के लिए नियमित रूप से लिखते हुए उन्हें प्रेरित करते रहे हैं। पाताल की परी, मंगल की मेम (बाल उपन्यास) अनमोल खजाना, बिछुड़ने का दर्द, कुलदेवता, आजादी का आनंद, एक सजा ऐसी भी, छोटी-सी बात (बाल कहानी संग्रह) शिक्षित बहू, पापा सुधर गए, एस.पी. आए हैं (बाल एकांकी संग्रह) आदि उनकी प्रशंसित बाल साहित्य की पुस्तकें हैं।

नागरी बाल साहित्य संस्थान बलिया (उ.प्र.) भारतीय बाल कल्याण संस्थान कानपुर, बालवाटिका विशिष्ट सम्मान भीलवाड़ा, पं.भूपनारायण दीक्षित बाल साहित्य सम्मान हरदोई (उ.प्र.) समेत अनेक पुरस्कारों से सम्मानित सिंह साहब को 26 जनवरी 2003 को पुलिस पदक से अलंकृत किया गया। पुलिस अनुसंधान पर लिखित आपकी पुस्तक 'तफतीश' को भारत सरकार के केन्द्रीय गृह मंत्रालय, नई दिल्ली द्वारा वर्ष 2005 में पं. गोविंद वल्लभ पंत पुरस्कार से समादृत किया गया।

आजादी का आनंद

'पापा, मुझे एक चिड़िया दिलवा दो। मुझे चिड़िया बहुत अच्छी लगती है।' चिड़िया बेचने वाले की आवाज सुनकर बंटी ने पापा से कहा।

'बेटे, पशु-पक्षी हमेशा आजाद ही अच्छे लगते हैं, पिंजरे में नहीं। तुम्हें पक्षी देखना अच्छा लगता है तो छुट्टी के दिन झील के किनारे देख लेना। अपन सभी चलेंगे।' पापा ने बंटी को समझाया।

'नहीं पापा, मुझे तो एक चिड़िया चाहिए। मैं उसे दाना खिलाऊँगा, पानी पिलाऊँगा, उसे बोलना सिखाऊँगा। वह मेरी प्यारी सहेली बन जाएगी। उसे भी मुझसे बातें करना अच्छा लगेगा।'

'बेटे, किसी को कैद में रखना अच्छी बात नहीं। आजकल नन्हें पशु-पक्षियों को भी कैद में रखना अपराध है।'

'मैं तो उसे प्यार से रखूँगा। उसकी मनपसंद चीजें खिलाऊँगा, फिर अपराध क्यों? मुझे तो बस एक चिड़िया चाहिए।'

बंटी ने जिद की। पापा बंटी की जिद को नहीं रोक पाए और उन्होंने चिड़िया बेचने वाले को आवाज दी, 'चिड़िया कितने की है?'

'एक चिड़िया दो सौ पचास रुपए की है और जोड़ा चार सौ पचास रुपए का।' चिड़िया बेचने वाले ने पास आकर कहा।

'मुझे तो यह रंग-बिरंगी एक ही चिड़िया चाहिए।' बंटी ने एक पिंजरे की ओर इशारा करते हुए कहा।

बंटी चिड़िया बहुत लेकर प्रसन्न हुआ। वह उसको दाना डालता, पानी पिलाता और घंटों उससे बतियाने की कोशिश करता। लेकिन चिड़िया चुपचाप सुस्त-सी, उदास-सी, सहमी-सी, पिंजरे के एक कोने में दुबकी रहती। बंटी जब दूर हटता तो वह दाना खाती और पानी पीती। फिर भी चिड़िया उदास थी। उसे उदास देखकर बंटी भी उदास हो गया।

एक दिन चिड़िया बेचने वाले से बंटी की मुलाकात हो गई। उसने पूछा 'भैया, हमने तुमसे एक दिन एक चिड़िया खरीदी थी। वह उदास रहती है। क्या करना चाहिए?'

'वह अकेली है, इसलिए उदास है। हमेशा जोड़ा खरीदना चाहिए। दोनों आपस में बातें कर मन बहलाती रहेंगी।'

'तो मुझे एक चिड़िया और दे दो।'

'अब तो मेरे पास एक भी चिड़िया नहीं है। दस-पन्द्रह दिन में ले आऊँगा।'

'तुम चिड़िया कैसे पकड़ते हो भैया?'

'जाल लगाकर उसके नीचे दाने डाल देते हैं। चिड़ियाँ दाना चुगने आती हैं तो जाल में फंस जाती हैं और हम पकड़ लेते हैं।'

'किसी दिन सारी चिड़ियाँ एक साथ मिलकर जाल को ले उड़ी तो तुम भूखे मरोगे।' बंटी ने हँस कर चुटकी ली।

'अरे बाबा, आजकल दुनिया में एकता कहाँ है! सब एक-दूसरे की टांग खींचते हैं।'

'किसी के पास चिड़ियाँ पकड़ने का जाल नहीं हो तो कैसे पकड़ेंगे?'

'अच्छा, तो तुम स्वयं चिड़िया पकड़ना चाहते हो?'

'हाँ, कोई तरीका बताओ।' बंटी ने आग्रह किया।

'अपने घर से गेहूँ छानने की बड़ी छलनी लेकर उसे उलटा करना। उसके बाद उसके किनारे की ओर से ऊपर उठाकर उसके नीचे एक फुट का मोटा सरकंडा लगाना। छलनी तिरछी हो जाएगी। उसके नीचे अनाज के कुछ दाने डालना। सरकंडे के बीच पतला मजबूत धागा बाँधना। धागे का दूसरा सिरा पकड़कर दूर छिप कर बैठ जाना। जब कोई चिड़िया दाना चुगने आए तो मौका देखकर तुरंत धागा खींचना। सरकंडा हटते ही छलनी उस पर गिरेगी और चिड़िया उसके नीचे रह जाएगी।'

'फिर?'

'फिर उस छलनी पर एक बारीक कपड़ा डालना। कपड़े को चारों ओर से दबाना और एक हाथ अन्दर डालकर चिड़िया पकड़ लेना।'

'ठीक है।' कहकर बंटी ने तुरंत चिड़िया वाले की सलाह पर वही किया तथा जल्दी ही एक चिड़िया उसकी पकड़ में आ गई। उसने उसे पिंजरे में छोड़ दी।

दूसरी चिड़िया को पिंजरे में देखकर पहली चिड़िया एक बार तो खुश होकर उसकी ओर बढ़ी। लेकिन दूसरे ही पल वह उदास हो गई। उसने सोचा होगा,

'यह भी आ गई मेरी तरह।' वे दोनों धीरे-धीरे आपस में बातें करने लगीं। दूसरी चिड़िया भी पहली की व्यथा-कथा सुनकर उदास हो गई। उसने भी पूरे दिन न कोई दाना चुगा और न ही पानी पीया।

'लगता है कोई तीसरी चिड़िया पकड़नी पड़ेगी,' सोचकर बंटी ने फिर से चिड़िया फंसाने के लिए वही प्रक्रिया दोहराई और दूर बैठकर इंतजार करने लगा।

इस बार एक तोता कहीं दूर से उड़कर आया। वह छलनी के नीचे पड़े दानें चुगने लगा।

'अरे! इस बार तो तोता है, बड़ा मजा आएगा।' कहकर बंटी ने झट से रस्सी खींच ली। सरकंडा हटते ही तोता छलनी के नीचे दब गया। बंटी ने भागकर उस पर एक कपड़ा डाला। फिर चारों ओर से कपड़े को दबाया और उसने छलनी के नीचे ज्योंही हाथ डाला, तोते ने बड़ी जोर से उसकी अंगुली को काट लिया। दर्द के मारे बंटी की चीख निकल गई। उसने छलनी पर पड़ा कपड़ा एक ओर फेंक दिया। तोता छूटते ही उड़ गया और छत की मुंडेर पर बैठकर बंटी को देखने लगा। मानो कह रहा हो, 'आजादी सभी को अच्छी लगती है। जीवों को पिंजरों में बंद करके उनकी आजादी छीनना क्या उनके साथ न्याय है?'

बंटी भागकर पिंजरा ले आया और उसे खोलकर दोनों चिड़ियों को उड़ा दिया और कहा, 'मुझ से भूल हो गई मेरी प्यारी सहेलियों! जाओ स्वछन्द उड़ो। मैं तुम्हें दूर से देखकर आनन्द लेता रहूँगा।'

दस-पन्द्रह दिन बाद वही चिड़िया बेचने वाला आया और बंटी को आवाज देकर पूछा, 'बाबा, चिड़िया चाहिए क्या?'

'पिंजरा खोलकर सारी चिड़ियां उड़ा दो वरना तुम्हारी शिकायत करूँगा। जानते हो जीव जन्तुओं पर अत्याचार करना अपराध है।' बंटी ने गुस्से से उसे डांटा। चिड़िया वाला सकपका कर वहाँ से खिसक लिया।

विमला भंडारी

भंडारी भवन, पैलेस रोड,
सलूम्बर-313027
मो. : 9414759359, 91438
15340

01 फरवरी 1956 को राजगढ़ जिला राजसमंद (राजस्थान) में जन्मी डॉ. विमला भंडारी जी का नाम अंतरराष्ट्रीय स्तर पर जाना-पहचाना है। विश्व हिन्दी संस्थान कल्चरल ऑर्गेनाइजेशन कनाडा द्वारा विमला जी को समग्र लेखन के लिए वर्ष 2016 में सम्मानित किया गया।

प्रेरणादायक बाल कहानियां, हवा से बातें, इल्ली और नानी, सुनेहरी और सिमरू, सितारों से आगे, कारगिल की घाटी आदि उनकी बाल साहित्य की चर्चित पुस्तकें हैं।

साहित्य अकादमी, नई दिल्ली का राजस्थानी बाल साहित्य पुरस्कार, राजस्थानी भाषा साहित्य एवं संस्कृति अकादमी बीकानेर, अंतरराष्ट्रीय हिन्दी सम्मेलन सहित अनेक संस्थाओं से पुरस्कृत सम्मानित विमला भंडारी जी सलिला संस्था, सलूंबर की संस्थापक अध्यक्ष हैं तथा कई वर्षों से साहित्यिक सम्मेलनों एवं बाल लेखन कार्यशालाओं का आयोजन करती रही हैं। सलिल प्रवाह वार्षिकी की आप सम्पादक हैं।

फूल खिले गली-गली

सारिका के स्कूल की बात है। मां बता रही है पापा को, 'इसकी स्कूल में नई टीचर आई है नाम है उसका – लूसी, मिस लूसी।'

'कोई विदेशी महिला है क्या?' पापा ने पूछा।

'हां, यही तो बता रही हूं। वह भारत आई है, अपने ड्राइंग के अध्ययन के लिए। वह अपने अध्ययन के साथ स्कूल में बच्चों की क्लास भी लेगी।'

'तुमसे किसने कहा?' गमले में लगे पौधों को पानी देते हुए पापा ने पूछा।

'कल स्कूल में अभिभावक और शिक्षक मीटिंग थी। मीटिंग के दौरान बड़ी बहन जी ने सभी को बताया। वह कह रही थी कि मिस लूसी प्रतिदिन स्कूल के बाद एक बालक के घर भी जाएगी।'

'क्यों? किस लिए.. ?' सारिका के पापा ने आश्चर्य से पूछा और आगे बोले – क्या वह हिंदी भाषा जानती है?'

'हां, थोड़ी बहुत काम चलाऊ बोल लेती है और समझ भी लेती है। हां तो मैं आपको बता रही थी कि मिस लूसी प्रतिदिन एक विद्यार्थी के घर जाएगी, घरवालों से संपर्क करने के लिए।' मम्मी ने आगे बताया – 'अपने शाम का समय वह विदेशी टीचर स्कूल के एक बच्चे और उसके परिवार के साथ बिताएंगी। आपको मालूम है इनके स्कूल में कुल 360 बच्चे हैं।'

'यानी वह पूरे एक साल एक नए बच्चे और उनके परिवार के साथ शाम गुजारेगी?'

'हां।'

'यह तो बढ़िया बात है।' पापा ने पूछा – 'अपने यहां किस दिन आएगी मिस लूसी?'

'यह तो मुझे मालूम नहीं, पर हां जिस दिन अपना नंबर आएगा तब हो सकता है स्कूल में सारिका को बता दिया जाए।' मम्मी ने आगे कहा। बातचीत के साथ

मम्मी-पापा दोनों गमलों में लगे पौधों की सार-संभाल कर रहे थे। सारिका के घर में भांति-भांति के गमले लगे हुए हैं। उसके मम्मी-पापा को फूलों का बहुत शौक है तो वहीं लोग गमलों में मौसमी फूलों के बीज डाल देते हैं। जिनसे कुछ ही दिनों में फूल वाले पौधे तैयार हो जाते हैं। सारिका को भी फूल बहुत पसंद है।

आज स्कूल जाने से पहले उसने एक नजर गमलों के फूलों पर डाली। सुंदर गुलदाउदी का फूल उसे देख मुस्कुरा उठा। सारिका उसकी सुंदरता देख मुग्ध हो गई। उसने वह फूल तोड़ लिया अपनी नई टीचर मिस लूसी के लिए देने के लिए। उसे मालूम है मिस लूसी भी फूलों की बहुत शौकीन है। स्कूल की प्रार्थना के बाद सारिका वह फूल देने के लिए स्टाफ रूम की ओर गई परंतु मिस लूसी उसे वहां नजर नहीं आई। 'शायद अभी स्कूल नहीं आई होगी।' यह सोच सारिका कक्षा में चली आई।

आधी छुट्टी के बाद पांचवां पीरियड मिस लूसी का आता है। वह उन्हें ड्राइंग बनाना सिखा रही है। उसे पांचवें पीरियड का इंतजार है। साथ में यह भी चिंता है कि तब तक कहीं यह फूल मुरझा कर बेकार न हो जाए। हालांकि उसने अपना रुमाल गीला कर के फूल को उस में लपेट लिया है और पेन पेंसिल के डिब्बे में रख दिया है। पांचवां पीरियड में मिस लूसी क्लास में आई। उसे देख सब बच्चे खुश हो गए। सारिका ने आगे बढ़कर टीचर लूसी को गुलदाउदी का फूल दिया। सफेद किनारे वाला बैंगनी गुलदाउदी का फूल खिला हुआ अभी भी मुस्कुरा रहा था। फूल लेकर मिस लूसी बहुत खुश हुई। लेकर कहने लगी - 'भारत का यही आकर्षण मुझे यहां लाया है। यहां के फुलवारी बहुत सुंदर है... इनके चित्र बनाने का सपना लेकर मैं भारत आई हूं। यहां के सुंदर सुंदर फूलों को देखेगी... उनके चित्र बनाएगी... अनोखे फूल और विविध रंग।...'

इतना बोलकर वह कुछ देर के लिए रुकी। पूरी कक्षा में एकदम शांति थी। सभी बच्चे उसकी बात ध्यान से सुन रहे थे। यह एक ऐसा अवसर था जब कोई विदेशी टीचर से उन्हें पढ़ने को मिल रहा था। जिसकी खुशी सबके चेहरे से झलक रही थी। लूसी पूरी ठीक तरह से हिंदी बोल रही थी। यह देख कर भी सबको आश्चर्यजनक खुशी हो रही थी। लूसी ने फिर से अपनी बात कहनी प्रारंभ की - अनोखे फूल और उनके विविध रंग उसके चित्रों को और चित्रकला को संपन्नता और सामर्थ्य देंगे... यहां बहुत सारे रंग खुशबू के फूल खिलते हैं... हर मौसम में अलग-अलग रंग और प्रकार के फूल यहां पैदा होते हैं।' इतना कहने के बाद मिस

लूसी कुछ देर फिर रुकी और सारिका की ओर मुंह करके बोली –

'यह फूल तुम कहां से लाई हो?'

'अपने घर के गमले से।'

'ओह! हाऊ ब्यूटीफुल।' वह बताने लगी –

'हमारे देश में तो 6 महीने तक बर्फ की चादर बिछी रहती है... कहीं दूर दूर तक... वनस्पति नजर नहीं आती... तो फूल क्या खिलेंगे?' चेहरे पर मुस्कान लिए उसने अपनी बात पूरी की।

आज शाम सारिका के पापा कुछ जल्दी ही घर आ गए थे। उन्हें स्कूल से लूसी के घर आने की सूचना मिल चुकी थी। सभी लोग लूसी के स्वागत के लिए आतुर इंतजार में बैठे हैं। ठीक समय पर मिस लूसी आई। पापा ने आगे बढ़कर उनका स्वागत किया और विदेशी जानकर उनसे अंग्रेजी में बात करने लगे। उन्होंने सबसे पहले गमले और उनमें लगे हुए फूलों को दिखाया। आश्चर्य से लूसी की आंखें खुली की खुली रह गई। वह भी अंग्रेजी में कहने लगी –

'सरप्राइजिंगग? वंडरफुल... रियली आई सी फर्स्ट टाइम दिस टाइप ऑफ ब्यूटीफुल फ्लावर्स सो मेनी कलर एंड डिजाइंस..।' बहुत देर तक अचरज में डूबी फूलों को देखती रही और अंग्रेजी में उनका बखान करती रही।

लूसी ने खिले फूलों की जानकारी ली। सारिका के मम्मी-पापा ने कई नई जानकारियां दी। उनके उगने का मौसम, मिट्टी, जलवायु और समय खुशबू का विवरण जानती रही वह।

शाम बहुत अच्छी गुजरी फूलों पर बतियाते हुए। सारिका को भी बहुत कुछ नई जानकारी मिली। जिस पर उसने कभी गौर नहीं किया था। पूरा इनके ज्ञान-विज्ञान का रहस्य छुपा हुआ था पापा-मम्मी की बातो में।

अब जिधर देखो उधर पूरे कस्बे में मिस लूसी के फूलों के प्रेम और चित्र बनाने की बात फैल गई। कस्बे का हर परिवार चाहता था कि मिस लूसी उनके घर आए। लोगों ने अपने घर के बाहर फूलों के विभिन्न पौधे लगाने शुरू कर दिए। किसी ने गमले में तो किसी ने बाल्टी में, कोई डिब्बा, मटका या टायर जिसे जो भी मिला उसमें मिट्टी भरकर फूलों के बीज डाल दिए और पानी देने लगे। समय के साथ बीजों का अंकुरण हुआ छोटे पौधे निकल आए। छोटे पौधे बड़े हुए और फूलों से गमले भरने लगे। कस्बे के लोगों ने अपने घर के बाहर और पिछवाड़े में जिसे जहां जगह मिली फूलों के पौधे लगा दिए।

लूसी भारतीय लोगों का नित्य प्रतिदिन आथित्य पा रही थी और बहुत प्रसन्न थी।

उसे फूल से सुंदर लोगों का प्यार लगा। देखते-ही-देखते पूरा साल गुजर गया। अपने देश जाने से पहले उसने अपने चित्रों की प्रदर्शनी लगाई। गर्मी, सर्दी, बरसात, बसंत, पतझड़ हर मौसम के फूलों की प्रदर्शनी देख लोग बहुत खुश हुए। चित्रों के साथ उनकी सारी जानकारी भी लिखी हुई थी। अपनी विदाई से पहले मिस लूसी भावुक हो गई। फूल और अपनी चित्रकारी का वर्णन करती हुई कहने लगी कि मुझे फूलों से ज्यादा लोगों का प्रेम और सम्मान मिला। मैं भारत के लोगों को कभी नहीं भूल सकूंगी। यहां फूलों की तरह ही लोगों का सुंदर अतिथि भाव है जो उसके जीवन की निजी पूंजी बन गया है अब।... और मैं वही पूंजी यहां से लेकर जा रही हूं।

दो दिन प्रदर्शनी चली जाने से पहले लूसी की आंखें भीग गई। उसे विदाई देते हुए लोगों की आंखें भी नम हो गई थी। लोगों से मिले ढेर सारे उपहार और प्यार लेकर वह अपने देश गई और वहां जाकर उसने अपने देश वालों को भारत के बारे में बताया।

उस कस्बे की तो काया ही पलट गई। भारत में यह कस्बा फूलों वाले शहर के नाम से पहचाने जाने लगा। आज भी वहां लूसी का नाम बड़े सम्मान से लेते है।

बुलाकी शर्मा

सीताराम द्वार के सामने,
जस्सूर गेट के बाहर,
बीकानेर-334004
मो. : 9413939900

एक मई, 1957 को बीकानेर में जन्मे बुलाकी शर्मा हिन्दी और राजस्थानी दोनों भाषाओं में चार दशकों से अधिक समय से सृजनरत है। कहानी, व्यंग्य, नाटक, बाल साहित्य समेत गद्य की लगभग सभी विधाओं में सक्रिय बुलाकी शर्मा की तीस से अधिक पुस्तकें प्रकाशित है।

साहित्य अकादेमी, नई दिल्ली का राजस्थानी का सर्वोच्च राजस्थानी पुरस्कार राजस्थान साहित्य अकादमी उदयपुर का कन्हैयालाल सहल पुरस्कार, राजस्थानी भाषा, साहित्य एवं संस्कृति अकादमी बीकानेर का शिवचन्द्र भरतिया गद्य पुरस्कार, भारतीय बाल कल्याण संस्थान, कानपुर का बाल सृजन सम्मान सहित अनेक पुरस्कारों-सम्मानों से समाहत बुलाकी शर्मा के दस व्यंग्य संग्रह, चार कहानी संग्रह के साथ बाल साहित्य में अनोखी कहानी (उपन्यास) हमारी गुड़िया, सरपंच साहिबा (नाटक), प्यारा दोस्त, चमत्कारी ताबीज, बदल गया शेरू, पसीने की कमाई, चुनिंदा बाल कथाएं (कहानियां) आदि चर्चित हैं।

सबसे अच्छा सबसे प्यारा

शाम का समय था। स्कूल से लौटकर पवन अपनी बहन राजी के साथ आंगन में बैठा कैरम खेल रहा था। बाहर से आवाज सुनाई दी, 'बीबीजी रद्दी अखबार और खाली बोतल आज तो दे दो।'

पवन ने बाहर की ओर देखा। वही लड़का आज फिर आया था। उसी की उम्र का तेरह-चौदह वर्ष का। एक नजर उसकी तरफ देख कर पवन पुनः कैरम खेलने में मगन हो गया।

'बीबीजी रद्दी अखबार दे दो न।' थोड़ा रुक कर वह पुनः बोला।

मम्मी रसोईघर में खाना बना रही थी। उन तक उसकी आवाज पहुंची लेकिन उन्होंने जवाब नहीं दिया। वह लड़का पवन और राजी को खेलते हुए देखता रहा।

'वह गई लाल गोटी।' पवन चिल्लाया - 'तुम फिर हार गई राजी।'

लड़का मुस्कुराया फिर तेज स्वर में बोला, 'बीबीजी रद्दी अखबार दे दो न।'

मम्मी आटे से सने हाथों में ही आंगन में आई और लगभग गुस्से में बोली, 'तुम फिर आ गए?'

'आपने ही तो बाद में आने का बोला था बीबीजी।' लड़का डरते-डरते बोला- 'रद्दी अखबार...।'

मम्मी ने उसे बीच में ही टोक दिया, 'अभी मुझे फुरसत नहीं है। बाद में आना।'

'तीन बार तो आ चुका बीबीजी।' लड़के का स्वर रुंआसा हो गया - 'कितने चक्कर और निकलवाएंगी।'

'किसने कहा चक्कर निकालने का?' मम्मी गुस्से में बोली, 'मैं काम करूं कि तुम्हारे लिए कबाड़ इकट्ठा करूं। जाओ बाद में आना।' कहते हुए मम्मी वापिस रसोईघर में चली गई।

पवन और राजी ने कैरम की अगली बाजी शुरू कर दी।

काफी देर बाद पवन ने यूं ही बाहर की ओर देखा। लड़का अभी भी खड़ा था।

‘अरे तुम गए नहीं ? अभी तक खड़े हो।’ पवन ने पूछा।

‘भैया तुम कहो न बीबीजी से।’ लड़का रुंआसा होकर बोला।

पवन ने उसकी ओर गौर से देखा। उसे लगा कि वह अब रोने ही वाला है। उसने कैरम बीच में ही छोड़ दिया और उठ कर उसके पास गया। राजी भी पहुंच गई।

‘क्या हुआ ?’ राजी ने उससे पूछा।

‘दीदी, बीबीजी से कहकर रद्दी अखबार और खाली बोतल दिलवा दो न। मैं वाजिब दाम दूंगा। सच कहता हूं।’

‘कल आ जाना।’ पवन बोला – ‘मम्मी को कहकर कल रद्दी अखबार निकलवा दूंगा।’

‘आज ही दिलवा दो न भैया।’ लड़के के हाथ जुड़ गए – ‘मुझे रुपयों की बहुत जरूरत है।’

उसकी बात सुनकर पवन और राजी दोनों को आश्चर्य हुआ। राजी बोली, ‘रुपये तो तुम्हारे पास है न। रद्दी सामान खरीद कर रुपए देते हो फिर इतने दुःखी क्यों हो रहे हो ?’

‘ये रुपए मेरे नहीं हैं।’ लड़का बोला।

‘फिर किसके हैं ?’ पवन ने आंखें फैलाते पूछा।

‘ये रुपए सेठ रामदीन कबाड़ी के हैं।’ लड़का बताने लगा कि सेठ रद्दी सामान खरीदने के लिए उसे रुपए देता है। हमेशा का हिसाब देना पड़ता है। जो रद्दी सामान वह खरीदता है वह सेठ को दे देता है। सेठ उस खरीद में से कुछ रुपए उसे दे देता है। यही उसकी आमदनी होती है।’

‘यदि हमेशा हिसाब नहीं दो तो ?’ पवन ने उससे पूछा।

‘तो रात को उसके आदमी घर पहुंच जाते हैं और ऐसी पिटाई करते हैं कि शरीर का दर्द हफ्तों तक नहीं मिटता।’

सुनकर पवन और राजी की सांस भय से तेज चलने लगी। थोड़ा रुक कर पवन बोला, ‘ऐसे आदमी के यहां काम ही क्यों करते हो ?’

‘करना जरूरी है भैया। काम करे बिना पार नहीं पड़ती।’

‘तुम्हारे माता-पिताजी क्या करते हैं ?’ पवन ने जानना चाहा।

‘पिताजी ठेला चलाते हैं और मां ऊन की कोटड़ी में काम करती है।’ लड़के ने बताया – ‘हम पांच भाई-बहन हैं। मैं सबसे बड़ा हूं। काम नहीं करूंगा तो चलेगा कैसे ?’

उसकी बात सुनकर पवन को आश्चर्य हुआ। उसी की उम्र का है यह। फिर भी मां-पिताजी को सहयोग देने के लिए काम कर रहा है जबकि वह अपनी फरमाइश रखकर मां-पिताजी के नाक में दम कर देता है।

अब तक की बातचीत से पवन को वह लड़का दोस्त जैसा लगने लगा। उसने प्रेम से पूछा, 'तुमने अपना नाम तो बताया ही नहीं?'

'मेरा नाम गोपाल है।'

'यह बताओ गोपाल कि तुम्हें रुपयों की आज इतनी जरूरत क्यों है?' पवन ने पूछा।

'ऐसा है भैया कि मुझे स्कूल में अपनी और दो बहनों की फीस जमा करानी है। फीस जमा नहीं कराई तो सर नाम काट देंगे।'

'क्या तुम पढ़ते भी हो?' दोनों ने एक साथ आश्चर्य से पूछा।

'हां।' गोपाल बोला - 'मैं आठवीं में पढ़ता हूं। बहनें पांचवीं और तीसरी में पढ़ती है। पिताजी पढ़ाना नहीं चाहते। उनकी आमदनी कम है। इसलिए स्कूल फीस, कॉपी, किताबों आदि का बंदोबस्त मुझे करना पड़ता है। आज स्कूल से लौटने के बाद से बराबर चक्कर निकाल रहा हूं। रद्दी मिली ही नहीं। इसलिए कह रहा हूं।'

'अभी हम व्यवस्था करते हैं गोपाल।' कह कर पवन ने राजी की ओर देखा। राजी समझ गई। दोनों मम्मी के पास पहुंचे।

पवन मिठास से बोला, 'उस बेचारे को रद्दी दे दो न मम्मी।'

'मेरे पास अभी समय नहीं है।' मम्मी बोली - 'मैं खाना बनाऊं कि उसके लिए रद्दी इकट्ठा करूं।'

'हम दे दें उसे रद्दी।' पवन बोला - 'स्टोर में एक जगह ही तो पड़ी है। पिताजी ने देख रखी है। इसमें काम का कागज एक भी नहीं है।'

'तुम दे दोगे?' मम्मी ने पवन को अविश्वास से घूरा। वह हमेशा तो अपने हाथ से पानी का गिलास नहीं भरता और आज रद्दी इकट्ठा करने को कह रहा है।

'हां.. हां.. मम्मी।' राजी ने भी स्वर मिलाया।

'अच्छा बाबा, दे दो।' मम्मी काम करती हुई बोली - 'तोल सही कराना और मोलभाव करके पैसे लेना, समझे।'

दोनों स्टोर की ओर भागे। रद्दी अखबार, किताबें, कॉपियां बाहर लाने में उन्हें मुश्किल से पन्द्रह-बीस मिनट लगे होंगे।

गोपाल के चेहरे पर रौनक आ गई। उसने साइकिल के कैरियर से तराजू और

बाट उतारे तथा अखबार तोलने लगा।

गोपाल ने पहले अखबार तोले फिर कॉपियों-किताबों को झटक कर देखने लगा। उनकी जिल्द उतारने लगा। एक किताब में उसे एक लिफाफा मिला। उसने उसे अलग कर दिया।

'इसे अलग क्यों कर रहे हो, गोपाल?' पवन बोला - 'साथ ही तोल लो न।'

'इसमें काम के कागज हो सकते हैं भैया।'

'कुछ नहीं होगा लिफाफे में। पिताजी ने सारी रद्दी देख रखी है।' पवन ने जवाब दिया।

गोपाल ने लिफाफा खोला। उसमें पांच-पांच सौ के चार नोट और कुछ कागज थे।

पवन को लिफाफा पकड़ाते हुए गोपाल मुस्कुरा कर बोला, 'देखा भैया, तुम रुपयों को रद्दी में बेच देते और अपने पिताजी से डांट खाते।'

पवन ने लिफाफा ले लिया। देखा, उसमें बीमा के कागज थे। शायद पिताजी ने किस्त जमा कराने के लिए ये रुपए अलग से रख रखे थे। उसका मुंह उतर गया। वाकई पिताजी डांटते।

'हमने तो इसे रद्दी समझ रखा था।' राजी बोली - 'इसे किताबों के साथ तोल लेते तो ये रुपए तुम्हारे काम आ जाते हैं न।'

'वह बेईमानी होती, दीदी।' गोपाल रद्दी किताबें-कॉपियां तोलता हुआ बोला - 'मैं लालच में इसे ले भी लेता तब डर से इधर कभी नहीं आ पाता। मन में हमेशा पछतावा रहता कि मैंने गलत काम किया है। ऐसा गलत काम क्यों करूं?'

कितना अच्छा है गोपाल, पवन सोचने लगा। गरीब जरूर है लेकिन खरा और सच्चा उससे ज्यादा है। उसे एक बार रास्ते में पर्स मिल गया था। उसमें दो सौ रुपये थे। पर्स वाले का पता भी था उसमें। लेकिन उसने पर्स लौटाने की नहीं सोची। वे रुपये खर्च भी कर दिए। मम्मी-पिताजी को भी उसने नहीं बताया था। उसे जेब खर्च बराबर मिलता है फिर भी उसका मन ललचा गया। गोपाल इतना गरीब है फिर भी कितना ईमानदार है।

गोपाल ने रद्दी अखबार और किताबें-कॉपियां तोल ली थी। हिसाब लगाकर पवन को सौ रुपये का एक तथा पचास रुपये का एक नोट पकड़ाते हुए बोला, 'एक सौ पैंतीस रुपये बनते हैं भैया। दस किलो अखबार के दस रुपये किलो के भाव से सौ रुपए और पांच किलो कॉपी-किताबों के सात रुपये किलो के भाव

से पैंतीस रुपए। मुझे पन्द्रह रुपये वापस कर दो।'

पवन अंदर गया। उसने मम्मी को सारी बात बताई कि रद्दी में एक लिफाफा मिला जिसमें दो हजार रुपये थे। गोपाल ने वह लिफाफा हमें पकड़ा दिया। पवन ने मम्मी को एक सौ पचास रुपये पकड़ाते हुए कहा कि रद्दी के एक सौ पैंतीस रुपये हुए हैं और उसे पन्द्रह रुपये वापिस लौटाने हैं।

पवन की बात सुनकर मम्मी फुरती से बाहर आई। गोपाल से स्नेह से बोली, 'तुम्हारे जैसे ईमानदार लड़के कम ही होते हैं बेटा। मैंने तुम्हें इतने चक्कर निकलवाये, इसके लिए सॉरी बेटा।'

फिर उन्होंने उसे एक सौ पचास रुपये वापिस देते हुए कहा, 'ये मेरी ओर से तुम्हें ईमानदारी का उपहार है।'

लेकिन गोपाल ने वे रुपये नहीं लिए। बोला, 'नहीं बीबीजी, मुझे यह उपहार नहीं चाहिए। आप तो सिर्फ पन्द्रह रुपये वापिस कर दीजिए, जो हिसाब के बनते हैं।'

मम्मी के साथ पवन ने भी बहुत कहा किन्तु उसने अपने हिसाब के सिर्फ पन्द्रह रुपये ही लिए।

गोपाल ने बोरी में रद्दी डाली। बोरी साइकिल के कैरियर में लगाई। जाते-जाते बोला, 'आज आप लोगों ने मेरा बहुत भला किया है। शुरुआत अच्छी हो गई तो आगे भी रद्दी मिलेगी और मैं स्कूल फीस जमा करा सकूंगा।'

'फिर आना गोपाल।' पवन ने प्रेम से कहा।

'जरूर आऊंगा।' साइकिल के पेडल मारता गोपाल रवाना हो गया।

पवन, राजी और उनकी मम्मी उसे जाते हुए देखते रहे।

डॉ. ओमप्रकाश भाटिया

हिन्दी और राजस्थानी के सुपरिचित कथाकार डॉ. ओमप्रकाश भाटिया का जन्म 11 दिसम्बर 1957 को जैसलमेर में हुआ। दीवान सालम सिंह (उपन्यास) रंग बदलती रेत और बुर्ज, चांद और धुंआ (कहानी संग्रह) आंखों में आकाश (बाल कहानी संग्रह) आदि उनकी प्रशंसित कृतियां हैं। आचार्य लक्ष्मीकांत जोशी सम्मान, चुन्नीलाल सोमानी पुरस्कार, साहित्य मंडल नाथद्वारा से साहित्य सौरभ सम्मान आदि से समादृत भाटिया जी का रेडियो नाटक 'चार आंखों वाली' का आकाशवाणी जयपुर केन्द्र से तेरह कड़ियो में प्रसारण हुआ है। आपकी बाल कहानियां प्रमुख पत्र-पत्रिकाओं में नियमित रूप से प्रकाशित होती रहती हैं।

मातृछाया, भाटिया पाड़ा,
जैसलमेर-345001
मो. : 8209455546, 94143-91020

अपने काम अपने हाथ

उषा ने गुस्से से तमतमा कर देखा। बोली, 'आपकी समस्या क्या है?'

'मेरी कोई समस्या नहीं है।' सुनील ने सहजता से कहा।

'तो हर समय टोकते रहते हो सोनू को, आप उसके पिता हैं कि दुश्मन?'

सुनील हल्का-सा हंस कर बोले, 'तुम इसकी मां हो, तुम से बेहतर किसको पता होगा।'

उषा उनकी टोन से अचकचा गई। झेंप कर बोली, 'तो हर समय दुश्मन क्यों बने रहते हो?'

'पिता कभी दुश्मन नहीं हो सकता।'

'तो दिन भर उसको टोकते रहते हो। ना खुद कुछ करते हो ना मुझे कुछ करने देते हो।'

'मैंने कब टोका उसे।' अब सुनील असहज होने लगे।

'परसों ही जब बाजार से आ रहे थे, रास्ते में ठोकर खाकर सोनू गिर गया तो आपने उसे उठाने नहीं दिया। बेचारे के घुटने छिल गए। रोने लगा। मैंने उठाने की कोशिश की तो मुझे भी रोक दिया। अपने आप उठने दो इसे। ठोकर इसने खाई है, उठेगा भी अब खुद ही। मैंने चुप कराने की कोशिश की तो बोलते हो, छोड़ दो इसे। अपने आप चुप हो जाएगा। इतनी तो सद्बुद्धि आई आपको कि उसके घाव पर दवा लगाने दी। वरना क्या पता कह देते, कोई जरूरत नहीं है घाव पर दवा लगाने की।' बोलती हुई उषा रूंआसी हो गई।

सुनील हंस पड़े। बोले, 'ठोकर खाकर सोनू गिरा था तो खुद उठा कि नहीं। रोता हुआ खुद ही चुप हुआ कि नहीं। यह तो हम पास में थे, आज उठा लेते। फिर कभी कहीं गिर जाएगा तो कौन उठाएगा। जो गिरता है उसे खुद ही उठना होता है। किसी की मदद का मोहताज नहीं होना चाहिए। रोने से घाव भरता नहीं उल्टे अंदर से खुद कमजोर हो जाता है। मैंने उसे स्ट्रांग बनने के लिए प्रेरित किया था। अगली बार गिरेगा नहीं। गिरेगा तो खुद उठेगा और रोएगा भी नहीं। समझी!'

'तो अब क्यों टोक रहे हो। देखो थर्ड स्टैंडर्ड में पढ़ने वाले बच्चे को कितना मुश्किल चित्र बनाने को दिया है। यह स्कूल वाले भी ना...।' उसने शिकायती लहजे में कहा।

'कितना मुश्किल है?' सुनील ने किताब को अपने सामने करते हुए कहा।

'देखो! पहाड़, झोपड़ा, उगता हुआ सूरज, पेड़, पक्षी, नदी, घास, रास्ता सब कुछ तो बनाना है। उन में रंग भरने हैं। इतना छोटा बच्चा कैसे कर सकता है।'

'यह सब क्यों नहीं कर सकता। देख देख कर ही तो बनाना है। देख कर ही इस में रंग भरने हैं। बनाने दो इसे। तुम इसका काम क्यों कर रही हो।'

'इतना होमवर्क देते हैं। ऐसे ऐसे मुश्किल काम देते हैं। मदद नहीं करूंगी तो कैसे काम पूरा कर पाएगा। दूसरे बच्चों से पीछे रह जाएगा तो इसका आत्मविश्वास खत्म हो जाएगा। टाइम पर सारा काम कर देती हूं तो गुड, वेरी गुड, एक्सीलेंट आता है। बच्चा खुश हो जाता है।' उषा ने गर्व से कहा तो सुनील को उसकी नादानी पर तरस आ गया।

'बच्चे को खुद से कुछ करने देगी कि नहीं। यह तो आलस करेगा। रोएगा। इसको लगेगा इतना सारा काम मैं कब करूंगा। पर तुम तो समझती हो। उसका काम उसी को करने दो। अभी छोड़ो इसे।' सुनील सोनू की तरफ मुखातिब हुए, 'बेटे सोनू, आप खुद बनाओ। लो।'

'मेरे से इतनी मुश्किल पेंटिंग नहीं बनेगी पापा! अगर बनाने की कोशिश भी करूंगा तो भी अच्छी नहीं बन पाएगी, जैसी मम्मी बना देगी।' सोनू रूंआसा हो गया।

'आज से मम्मी आपकी स्कूल का कोई काम नहीं करेगी। देखो, जैसा इसमें बना है। उसी को देखकर बनाना है। देख-देखकर तो आप भी बना सकते हो। इसमें कौन-सी मुश्किल बात है।' पापा ने समझाते हुए कहा। पर सोनू को लगा, अच्छा भला मम्मी बना रही थी। अब उसे बनाना पड़ेगा।

'मम्मी को बनाने दो ना। मैं बनाऊंगा तो अच्छा नहीं बनेगा और टीचर सबके सामने डांटेगी।' सोनू की आंखें छलछला गयीं।

'देखो जो काम मन से किया जाता है, अच्छा ही होता है। आप मन लगाकर पेंटिंग बनाओ, जरूर अच्छी बनेगी। आप में आत्मविश्वास आएगा। परीक्षा में मम्मी तो साथ होगी नहीं। तब कौन बनाएगा। आप ही को तो बनानी पड़ेगी न। सीखोगे नहीं तो कैसे बनाओगे। जैसी भी बनेगी वह आपकी अपनी होगी। समझे! चलो बनाओ। बना कर बताना मुझे। ठीक है।'

सुनील ने किताब और ड्राइंग बुक सोनू की तरफ सरका दी। सोनू थोड़ी देर तो उसे देखता रहा फिर धीरे-धीरे पेंटिंग करने लगा। वह पहाड़, पेड़, नदी बनाने लगा। सूरज की गोलाई उससे बन नहीं पा रही थी। वह पापा से बोला, 'पापा आपके पास एक का सिक्का है?'

'क्यों बेटा?'

'यह सूरज गोल नहीं बन पा रहा है। सिक्का दीजिए। उससे मैं गोल सूरज बना लूंगा।'

पापा ने सिक्का दिया और सोनू ने सूरज बना लिया। झोपड़े की रेखाएं छोटी-बड़ी हो जाती थीं। जिससे झोपड़ा टेढ़ा-मेढ़ा हो रहा था। पापा ने समझाया, 'पेंटिंग के झोपड़े की रेखाओं का स्केल से नाप लेकर यहां बना लो। बन जाएगा।'

वाकई बन गया।

अलग कागज पर रंगों का मिलान कर कर के सोनू ने पेंटिंग में रंग भरे और सुंदर सी पेंटिंग बना ली। पेंटिंग पूरा करने के बाद उसमें एक अजीब-सी खुशी और आत्मविश्वास भर गया। उसने मम्मी-पापा को दिखाया। दोनों खुश हो गए।

दूसरे दिन स्कूल से आकर सोनू ने पेंटिंग निकाली और मम्मी-पापा को दिखाते हुए कहा, 'मेरी पेंटिंग क्लास में फर्स्ट आई है। पहले तो दूसरे लड़कों ने मेरी मजाक बनाई। उनको उनके मम्मी-पापा, भैया-दीदी ने बना कर दी थी। उनकी पेंटिंग्स मेरी पेंटिंग्स से अच्छी थीं। पर टीचर ने उन सब की पेंटिंग्स को हटा दिया और मेरी पेंटिंग को पहला स्थान दिया। वह बोली, 'तुम सब ने यह पेंटिंग्स नहीं बनाई हैं। सोनू ने खुद बनाई है। उसकी पेंटिंग तुम्हारी पेंटिंग से कम अच्छी होने के बावजूद तुम सबसे बेहतर है इसलिए सोनू की पेंटिंग को पहला स्थान दिया जाता है। इस पेंटिंग को सूचना-पट्ट पर लगाया जाएगा ताकि सभी उसे देख सकें।'

उषा ने सुनील की तरफ देखा। वह हंस पड़े। उषा की आंखें नम हो गईं। उसने खुश होकर सोनू को बाहों में भर कर चूम लिया।

किरण बादल

शास्त्री कॉलोनी, रायसिंह
नगर-335051 (राज.)
मो. : 9460561717

31 जुलाई 1958 को जन्मी किरण बादल शिक्षिका हैं और उन्हें बालमन की गहरी परख है। वे बच्चों के बीच से ऐसी कहानियां ढूंढ़ती हैं कि वे लम्बे समय तक बच्चों का मनोरंजन करने के साथ उन्हें सीख भी देती हैं। किरण जी का एक हिन्दी बाल कहानी संग्रह 'जंगल का आईना' तथा एक राजस्थानी बाल कहानी संग्रह 'टाबरां री दुनिया' प्रकाशित हैं।

नन्हा जादूगर

एक दिन मैं विद्यालय में बच्चों को पढ़ा रही थी। उस दिन विद्यालय में मैं अकेली ही थी इसलिये छात्र-छात्राओं को दो समूहों में विभाजित कर रखा था। उन्हें अनुशाषित करते हुये अध्यापन कार्य करवाने का प्रयास कर रही थी। प्रयास इसलिये कि बाहर हल्की-हल्की बूंदाबांदी हो रही थी और बच्चे बाहर भागने के लिये बेताब थे। दूसरा कारण यह कि 'मिड-डे मील' तैयार था। उसकी सौंधी-सौंधी गंध बालकों का ध्यान बरबस खींच रही थी। लाख सजगता के बावजूद बच्चे बाहर झांकने से नहीं चूकते थे। भोजनावकाश के पहले का यह समय सदैव अध्यापक और छात्रों के लिये चुनौती भरा ही होता है। कॉपी जंचवाते समय खिड़की से ताक-झांक करना, छोटी-छोटी कलाइयों में मेले से खरीदी रंगीन घड़ियों में समय देखना, एक-दूसरे को इशारा करना, गेंद, कंचे आदि बस्तों पर रख लेना, ये सब उनकी अधीरता को दिखला रहे थे।

मैं भी बाल-मन को जानने की प्रयास में इस पन्द्रह-बीस मिनट के अन्तराल को सफलता से बिताना चाह रही थी। कभी श्याम-पट्ट पर चित्र बनाकर, कभी पहेली पूछकर या फिर बाल-गीत के माध्यम से उन्हें कक्षा में बांधे रखने की पुरजोर कोशिश कर रही थी। तभी अचानक साईकिल की घंटी सुनाई दी तो सब बच्चे एकदम शान्त हो गये तथा एकटक बाहर देखने लगे।

मैंने देखा दो बच्चे विद्यालय परिसर में घुस आये थे। एक बालक नौ-दस साल का तथा दूसरा सात बरसों का रहा होगा। छोटे बच्चे ने साईकिल पर रखे बोरे और साईकिल को अच्छी तरह संभाल लिया तो बड़े बच्चे ने मेरी कक्षा में प्रवेश किया। बड़े ही अदब से उसने अपना सिर झुकाया और हाथ जोड़कर खड़ा हो गया। मैं कुछ बोलूं उससे पहले ही वह कहने लगा, 'मैडमजी! मेरी मदद करें। मैं बहुत दूर से आपके स्कूल में आया हूँ।'

मैंने पूछा, 'क्या तुम्हें रुपये-पैसे की जरूरत है?'

वह बोला, 'नहीं मैडमजी ! मैं भीख माँगने नहीं आया। मैं तो जादूगर हूँ। बंगाल का काला जादू दिखाऊँगा। मुझे बस आधे घंटे का समय चाहिये। मैं आपका और बच्चों का भरपूर मनोरंजन करूँगा। मेरा नाम सलीम है।'

उसने जेब से कुछ कागजात निकाले जिन में विभिन्न संस्थाओं में उसके द्वारा किये गये प्रदर्शन के प्रमाण-पत्र थे। मैंने उसे मध्यावकाश के बाद अपना शो दिखाने के लिये कहा और उससे पूछा कि वह शो दिखाने के बदले में क्या लेगा ?

उसने कहा, 'मैडमजी ! जो बच्चों की इच्छा ! आटा, गेहूँ या पैसा, सब मंजूर है।'

भोजन करते ही सब बच्चे अपने-अपने घरों की ओर दौड़ गये। वे अपने घरों से यथासंभव सामग्री लेकर स्कूल में आकर नन्हे जादूगर को घेरकर खड़े हो गये। मैंने उन्हें समझााया कि शो दिखाने में अभी देर है इसलिये आप थोड़ी देर खेल लें। सब बच्चे खेलने लगे। नन्हा जादूगर और उसका भाई बड़ी हसरत से बच्चों को खेलते हुये देखने लगे। मैंने नन्हे जादूगर को बच्चों के साथ खेलने को कहा तो वह तुरन्त मान गया। बच्चा तो बच्चा ही होता है। वह हर जगह हर खेल में आनन्द खोज ही लेता है। वह नन्हा जादूगर बच्चों के साथ एक पारी ही खेला और भागकर घेरे से बाहर निकलकर मेरे पास आकर खड़ा हो गया। मैंने हैरानी से पूछा, 'क्या हुआ सलीम ?'

इस पर वह धीरे से बोला, 'मैडमजी ! खेलना तो बहुत अच्छा लगता है लेकिन मैं यदि इन बच्चों के साथ घुल-मिल गया तो मेरा खेल नहीं जम पायेगा।'

मेरे मन में गहरी टीस उठी कि इस छोटे से बालक ने कितनी बड़ी बात कह दी। उसके खेल और बच्चों के खेल में जमीन-आसमान का अन्तर था। इस अन्तर को पाटना मेरे या किसी के भी वश में नहीं था। उस बालक का खेल, खेल कहाँ था ? वह तो उसका धन्धा था जिसकी बारीकियाँ वह बखूबी जानता था।

घंटी बजते ही जादूगर ने अपना सामान एक मेज पर जमा लिया। बच्चे आसपास घेरा बनाकर बैठ गये। मैंने देखा कि उसके पास कोई कीमती सामान नहीं था। खाली थैली, लोहे के डिब्बे, लोहे की जंजीर के टुकड़े, काँच की गोलियाँ, सिक्के, रस्सी, रुमाल और एक डुगडुगी आदि थे। सब अभावों के बावजूद वह नन्हा जादूगर आत्म-विश्वास से भरपूर और बुलन्द आवाज का धनी था। उसकी डुगडुगी की आवाज के साथ-साथ भीड़ भी बढ़ने लगी। गाँव के भी कई लोग उसका खेल देखने आ गये थे। वह अपनी वाकपटुता, तत्परता और हाथ की सफाई से छोटे-छोटे करिश्में दिखाने लगा। उसकी हाजिरजवाबी और बोलने के लहजे

से बच्चे और बड़े सभी हँस-हँसकर लोटपोट हो रहे थे। उसने रुमालों के रंग बदले। सिक्कों की बरसात करवाने के साथ-साथ कई खेल दिखाये। जादूगर का छोटा-सा मासूम भाई घेरे के बीच चुपचाप बैठा था। जादूगर ने डुगडुगी बजाकर जोर से कहा, 'जमूरे!' आवाज सुनते ही वह नन्ही-सी जान हरकत में आ गई।

वह जोशीली आवाज में बोला, 'हाँ! साहब!'

'खेल दिखायेगा?'

'जी हुजूर!'

'तो फिर होजा शुरू !'

और इसी के साथ वह कलाबाजियाँ खाता हुआ अपने करतब दिखाने लगाा। आधे घंटे में उन्होंने विधिवत् खेल का समापन कर दिया। दोनों ने आटा, अनाज, पैसे आदि बटोर कर सारे सामान को बोरे में भरकर साइकिल पर लाद लिया। जादूगर ने मेरे पास आकर अपना सिर झुकाया और बोला, 'कैसा लगा मैडमजी मेरा शो?'

मैंने उसकी पीठ थपथपाई और कहा, 'बहुत अच्छा!' और उसकी तरफ पचास रुपये का नोट बढ़ाया। वह पैसे लेने से मनाह करते हुये बोला, 'आप रहने दें मैडमजी! आप के स्कूल से गुजारे लायक मेहनताना मिल गया।' मेरा मन द्रवित हो उठा। एक ओर तो धनिक वर्ग जो अपनी तिजोरियाँ भरने के बाद भी बेचैन है। वहीं यह नन्हा बालक मेहनत करके चंद पैसे और सामान आदि पाकर ही सन्तुष्ट और प्रसन्न है। मैंने पचास का नोट जबरन उसकी जेब में ठूंस दिया और विचारों में खो गई।

तभी वह बोला, 'मैडमजी! मुझे परचा बना दो! मौसम खराब है। छुट्टी होने तक मुझे दो-तीन और स्कूलों में भी जाना है।'

मैंने पूछा, 'सलीम! परचे में क्या लिखूं?'

इस पर वह मुस्कुरा कर बोला, 'जी! लिखदें कि इस जादूगर ने जादू दिखाकर सभी का खूब मनोरंजन किया। बाकी तो आप जानो कि क्या लिखना है? पर आप दस्तखत करके मुहर जरूर लगा देना।'

मैंने पूछा, 'सलीम! तुम कुछ पढ़े-लिखे हो?'

वह बोला, 'नहीं जी! मैंने तो जब से होश संभाला है तब से पिता के साथ जादू का खेल ही दिखा रहा हूँ। अब मैंने अकेले अपना धंधा जमा लिया है।'

मैंने पूछा, 'क्या तुम पढ़ना चाहते हो?'

वह बोला, 'मैडमजी! पढ़ाई-वढ़ाई हमारे क्या काम की? अगर हम पढ़ने लगें तो हमारा परिवार तो भूखों मर जायेगा।'

सब कुछ जानते हुये भी मुझे इस प्रकार शिक्षा का अनादर अच्छा नहीं लगा। मैंने आखिरी दाँव लगाया क्योंकि एक शिक्षक होने के कारण उसे शिक्षा से जोड़ना मेरा दायित्व भी था। इसलिये मैंने उससे कहा, 'देखो सलीम! यदि तुम पढ़ना चाहते हो तो तुम्हारी फीस और किताबों आदि का प्रबन्ध मैं करवा दूंगी। दोपहर का भोजन स्कूल में मिल ही जायेगा।'

यह सुनकर वह बड़ी जोर से हँसा। कहने लगा, 'मैडमजी! मुझे तो एक वक्त का भोजन मिल जायेगा लेकिन पढ़ने में यदि इतना समय बरबाद कर दिया तो परिवार का खर्च कैसे चलेगा? यह सब धनवानों के वश की बात है। किसी को कोई कुछ नहीं दे सकता।' वह जाने की जल्दी में था।

वह नन्हा जादूगर तो अपने भाई को साथ लिये साइकिल पर सवार होकर दूसरे विद्यालय के लिये रवाना हो गया लेकिन मेरे लिये पीछे कई सवाल छोड़ गया। शिक्षा के मन्दिर में शिक्षा को नकारते हुये स्कूल-दर-स्कूल सब की नाक के नीचे रोटी-रोजी की तलाश में भूख के आगे शिक्षा को तुच्छ बतलाता, डुगडुगी बजाता हुआ नन्हा जादूगर राष्ट्र-व्यापी सर्व शिक्षा अभियान की धज्जियाँ उड़ाता चला जा रहा था।

इंद्रजीत कौशिक

चंदन सागरवेल
बीकानेर-334001
मो. : 8118802426

15 अगस्त 1963 को बीकानेर में जन्मे इंद्रजीत कौशिक की बाल साहित्य में राष्ट्रीय स्तर पर विशेष पहचान है। वे चालीस वर्षों से बाल साहित्य सृजन में संलग्न हैं। उनकी 500 से अधिक बाल कहानियां देश की प्रमुख पत्र-पत्रिकाओं में प्रकाशित हो चुकी हैं। उनका एक ही बाल कहानी संग्रह प्रकाशित है। 'मूंछों वाले मामाजी' जो राजस्थान साहित्य अकादमी, उदयपुर के शंभूदयाल सक्सेना पुरस्कार से सम्मानित हैं।

फूलों जैसी ऐलेना

ऐलेना को फूलों से बहुत प्यार था। रंग-बिरंगे सुंदर फूलों को देखकर वह बहुत खुश हो जाती थी। वह खुद भी थी तो फूल जैसी नाजुक और मासूम।

उसका भाई जॉन जब कभी शरारत के मूड में होता और उससे कुछ कहता तो वह झट से रूठ जाती। भाई बहन का यह प्यार देख कर सभी खुश हो जाते।

ऐलेना ने अपने घर के पास फूलों का एक पौधा लगाया हुआ था। वह उसका बड़े जतन से ध्यान रखती थी और खाद पानी भी देती रहती थी।

जब उसमें सुंदर फूल लगे तो ऐलेना फूली नहीं समाई।

स्कूल से आते ही वह सबसे पहले अपने उस पौधे को देखने जरूर जाती थी।

'भैया, मेरे इस पौधे के फूल तुम्हें कितने सुंदर लगे?' ऐलेना ने एक दिन अपने भाई से पूछा।

'कुछ खास सुंदर नहीं।' जॉन ने पहले तो मुंह बनाया और फिर यह उत्तर दिया तो ऐलेना रूठ गई।

उसे उम्मीद थी कि जॉन फूलों की तारीफ करेगा। उधर जॉन मन-ही-मन ऐलेना की हालत देख कर मुस्कुरा रहा था।

'तुमने ऐसा क्यों कहा कि इस पौधे के फूल कुछ खास सुंदर नहीं हैं?' आखिरकार ऐलेना से रहा नहीं गया और उसने पूछ ही लिया।

'अरे भई सीधी-सी बात है, जिसकी बहन ऐलेना जैसी सुंदर हो उसे भला इन फूलों में सुंदरता कैसे नजर आएगी?' जॉन के चेहरे पर शरारत साफ झलक रही थी।

भाई का जवाब सुनकर ऐलेना की नाराजगी पलक झपकते दूर हो गई और वह खिलखिला कर हंस पड़ी।

दिल खोलकर हंसी तो ऐसा लगा जैसे कि फूल झर रहे हों।

एक दिन हमेशा की तरह ऐलेना जब स्कूल से लौटी तो सीधी घर के पिछवाड़े लगाए हुए अपने पौधे को देखने गई।

'मेरे पौधे पर लगे हुए सारे फूल कहां गए?' ऐलेना जोर से चीखी। गुस्से के कारण उसका चेहरा तमतमा गया।

'मैंने तेरे भैया को पिछवाड़े की तरफ जाते हुए देखा था, शायद उसने तोड़े हों।' उसकी आवाज सुनकर माँ बोली।

जॉन के स्कूल से आने में अभी देर थी। अपने भाई की हरकत से नाराज हो कर ऐलेना रूठ कर एक कोने में जा बैठी।

'मेरी प्यारी बहना यहां अकेले में बैठी क्या कर रही है?' जॉन स्कूल से आकर सीधा पिछवाड़े की तरफ गया तो वहां उसे ऐलेना दिखाई दे गई।

मुंह फुलाए बैठी ऐलेना ने कोई जवाब नहीं दिया। उसे अपने भैया पर बहुत गुस्सा आ रहा था। जॉन ने फिर बड़े प्यार से उसके रूठने की वजह पूछी तो वह खड़ी हो गई।

'यह तुमने अच्छा नहीं किया जॉन, आज के बाद मैं तुमसे कभी बात नहीं करूंगी।' कहते हुए ऐलेना की आंखों में आंसू आ गए।

'मैं जानता हूं कि मेरी प्यारी बहन को फूलों से बहुत प्यार है। शायद मुझसे भी ज्यादा। मैं अपनी इस भूल के लिए तुमसे माफी मांगता हूँ ऐलेना।' जॉन ने घुटनों के बल बैठकर बड़ी अदा के साथ कहा तो उसका गुस्सा कुछ ठंडा पड़ा।

फिर जॉन ने अपने हाथों में पकड़ा हुआ उन्हीं फूलों से तैयार किया हुआ गुलदस्ता ऐलेना के हाथों में रखा।

'हैप्पी बर्थडे टू यू माई स्वीट सिस्टर ऐलेना। आई लव यू सो मच।' जॉन ने मुस्कुराते हुए ऐलेना को उसको बर्थडे विश किया।

'हां बेटा, हम में से किसी को नहीं मालूम था कि आज तुम्हारा हैप्पी बर्थडे है। जॉन ने आज सुबह जल्दी उठकर अपने हाथों से फूलों का गुलदस्ता तैयार किया ताकि तुम्हें गिफ्ट कर सके। इतना ही नहीं अपनी गुल्लक तोड़कर उसने उन पैसों से तुम्हारे लिए एक बार्बी गुड़िया भी खरीदी है तोहफे में देने के लिए।' तभी माँ ने बाहर आकर ऐलेना से कहा।

उस समय जॉन सर झुकाए चुपचाप खड़ा हुआ था। ऐलेना ने घूम कर उसकी तरफ देखा। मन-ही-मन वह पछता भी रही थी कि उसने गुस्से में जॉन को बुरा भला कहा।

'प्लीज, अब सॉरी मत कहना।' जॉन ने कहा।

'ठीक है, तुम कहते हो तो नहीं कहूंगी। वैसे भी मेरे कहने का मूड बिल्कुल

नहीं था। मैं तो सीधे-सीधे तुम्हारी बेंत से पिटाई करने वाली थी।' ऐलेना बोली।

'मैं तैयार हूं पिटने के लिए। दुनिया की सबसे प्यारी बहन के हाथों पिट कर मुझे खुशी होगी।'

'पिटे तुम्हारे दुश्मन। इतना प्यारा भाई बड़े नसीब वालों को मिलता है। मैं दुनिया के सबसे खुशनसीब लड़की हूँ जिसे तुम जैसा भाई मिला है।' कहते हुए ऐलेना जॉन के गले से लग गई।

कुसुम अग्रवाल

90, महावीर नगर, 100 फीट
रोड कांकरोली,
राजसमंद-313324
मो. : 9461179465

7 फरवरी 1965 को अलसीसर जिला झुंझनू (राजस्थान) में जन्मी कुसुम अग्रवाल बाल साहित्य में सुपरिचित नाम है। आपका बाल कथा संग्रह 'कबूतर उड़ गए' तथा 'पिंकू के कारनामे' सूचना एवं प्रसारण मंत्रालय भारत सरकार तथा बाल उपन्यास 'मारु फिर कब आओगे' प्रकाशन विभाग से प्रकाशित हैं। अंत भले का भला, गीत गुलशन आदि बाल साहित्य की उनकी अन्य पुस्तकें हैं। द्वारकेश राष्ट्रीय साहित्य परिषद्, राजसमंद सलिल संस्था, सलूम्बर, महाराणा प्रताप संग्रहालय हल्दी घाटी नाथद्वारा सहित कई संस्थाओं से सम्मानित कुसुमजी इन दिनों बच्चों को ऑनलाईन कविताएं याद करवाकर और उनका वीडियो बनाकर यू-ट्यूब पर पोस्ट कर रही हैं।

बेकार तोहफा

'ओहो ! फिर वही बेकार, सड़ा-सा तोहफा। पता नहीं शर्मा अंकल को ऐसे ही तोहफे देने की क्यों सूझती है। मेरे ख्याल से कोई भी बच्चा अपने जन्मदिन पर ऐसा तोहफा पसंद नहीं करेगा।' निक्कू ने शर्मा अंकल के दिए हुए तोहफे को एक ओर पटकते हुए कहा और फिर जन्मदिवस पर आए अन्य तोहफों को निहारने लगा।

'वाह कितनी सुंदर टी शर्ट है।' शालिनी आंटी के लाए हुए पैकेट को देखते हुए वह बोला। 'और समीर अंकल भी बहुत अच्छा तोहफा लाए हैं। पांच ढक्कन वाला पेंसिल बॉक्स। कल स्कूल लेकर जाऊंगा तो मेरे सारे दोस्त देखकर हैरान हो जायेंगे। ऐसा पेंसिल बॉक्स किसी के पास नहीं है। और यह टीना आंटी तो हर बार सरप्राइस देती हैं। लगता है इस बार पहले से भी शानदार तोहफा होगा क्योंकि इस बार टीना आंटी विदेश जा कर आई हैं। इसमें जरूर कोई विदेशी तोहफा ही होगा।' निक्कू ने टीना आंटी द्वारा लाए हुए पैकेट को देखकर ललचाते हुए कहा।

निक्कू ने आज ही अपना तेहरवां जन्मदिन मनाया था। अपने जन्मदिवस पर निक्कू को कई तोहफे मिले थे। सच पूछो तो निक्कू तोहफा पाने के लिए ही जन्मदिन मनाता था। जन्मदिवस की पार्टी में जब मेहमान तरह-तरह के तोहफे लेकर आते थे तो उसे बहुत खुशी होती थी और वह मेहमानों के जाते ही सबसे पहला काम उन तोहफों को खोलने का ही करता था। आज भी वह यही कर रहा था। जन्मदिवस पर आए तोहफों में से उसे जो बेहद पसंद आते थे, वह उन्हें कई दिनों तक संभाल कर रखता था परंतु कई तोहफे उसे बिल्कुल बेकार लगते थे। वह उनको एक तरफ रख देता था। उन्ही में से एक तोहफा शर्मा अंकल का भी होता था।

शर्मा अंकल तोहफे में अक्सर किताबें लेकर आते थे जो कि निक्कू को बिल्कुल बेकार लगती थी।

'मैं तो कोर्स की किताबें ही बड़ी मुश्किल से पढ़ता हूं। फिर भी यदि थोड़ा समय मिलता है तो कॉमिक्स आदि मनोरंजक किताबें पढ़ लेता हूं। यह बोरिंग किताबें कौन पढ़े ? यह शर्मा अंकल भी न जाने कहां से ढूंढ-ढूंढ कर किताबें लाते हैं मेरे

लिए। कभी किसी महान पुरुष की जीवनी तो कभी विज्ञान की पुस्तक या कभी इनसाइक्लोपीडिया। कौन दिमाग खपाए इन किताबों में।' शर्मा अंकल द्वारा दी गईं किताबों को देखकर वह बड़बड़ करता था और फिर उन्हें एक और रख देता था।

अभी निक्कू अपने जन्मदिन पर मिले तोहफे देख ही रहा था कि उसकी मम्मी उसके कमरे में आई। मम्मी को देखते ही निक्कू बोला, 'मम्मी अबकी बार जो तोहफे मिले हैं उनमें से कुछ तो मेरे मतलब के हैं परंतु कुछ मेरे लिए बेकार हैं। उन्हें आप रख लो तथा उनका अन्य कहीं उपयोग कर लेना।'

'ठीक है बेटा। जैसी तुम्हारी इच्छा। अब रात बहुत हो गई है। अब सो जाओ।' मम्मी ने कहा और फिर तोहफों को व्यवस्थित में करने लग गई।

कुछ ही दिनों बाद निक्कू के एक सहपाठी का जन्मदिन आया।

'मम्मी आज यश का बर्थडे है। उसने मुझे अपने घर बुलाया है। मुझे ठीक छह बजे वहां पहुंचना है।' निक्कू ने स्कूल से आते ही कहा।

'ठीक है बेटा। वक्त पर तैयार हो जाना।' मम्मी ने कहा।

'मम्मी आज मैं वही टी-शर्ट पहनूंगा जो शालिनी आंटी लाई थी। वह मुझे बहुत अच्छी लगती है।' निक्कू ने कहा और ठीक छह बजे निक्कू वही टी-शर्ट पहन कर तैयार हो गया।

'मगर मैं यश को गिफ्ट क्या दूंगा, यह तो मैंने सोचा ही नहीं।' तैयार होते ही उसे ख्याल आया। फिर उसने सोचा, क्यों ना मैं उसे शर्मा अंकल द्वारा लाई गई किताब गिफ्ट कर दूं। वह अभी तक रेपर में ही पैक पड़ी है। मैंने तो उसे खोलकर देखा तक नहीं। यह सोच कर निक्कू शर्मा अंकल द्वारा लाई गई पुस्तक को यश के लिए उपहार स्वरूप ले गया।

जन्मदिन की मस्ती खत्म होते ही यश ने कहा, 'यार निक्कू तेरा और मेरा दोनों के जन्मदिन ही चले गए। अब तो अर्द्धवार्षिक परीक्षा सिर पर आ गई है। अब तो हमें सारी मस्ती छोड़ कर पढ़ाई में जुटना पड़ेगा।'

'हां यार। खैर कोई बात नहीं। परीक्षा भी गुजर जाएगी।' निक्कू ने थोड़ा गंभीर होते हुए कहा और फिर कुछ दिनों के लिए दोनों परीक्षा की तैयारी में व्यस्त हो गए।

अर्द्धवार्षिक परीक्षा खत्म हो चुकी थी। आज नतीजे सुनाए गए थे। निक्कू का रिजल्ट अच्छा था परंतु हैरानी की बात यह थी की यश का रिजल्ट अबकी बार निक्कू से भी अच्छा था। खासकर मैथ्स में। यह देख कर निक्कू बहुत हैरान हुआ।

उसने यश से कहा, 'यार मुझे एक बात समझ नहीं आ रही कि अबकी बार

तू मैथ्स में इतने अच्छे नंबर कैसे ले आया? तू तो मैथ्स में बहुत कमजोर है ना। फिर इस बार यह जादू कैसे हो गया कि तू मुझ से भी आगे निकल गया।'

निक्कू की बात सुनकर यश ने निक्कू का हाथ पकड़ लिया और बोला, 'यार यह सब तेरी बदौलत हुआ है। यदि तूने मेरी सहायता ना की होती तो मैं कभी भी मैथ्स में इतने अच्छे नंबर नहीं ला सकता था।'

निक्कू यश की बात सुनकर और भी हैरान हो गया। वह बोला, 'मगर मैंने क्या सहायता की है तुम्हारी? अबकी बार तो तुम मेरे घर कभी पढ़ने भी नहीं आए।'

इस पर यश बोला, 'अबकी बार तो तूने मुझे ऐसा तोहफा दिया कि मुझे तेरे घर आने की जरूरत ही नहीं पड़ी। तूने मेरे जन्मदिन पर जो पुस्तक उपहार स्वरूप दी थी वह मेरे बहुत काम आई। उस पुस्तक में मैथ्स के फार्मूले को याद करने की सरल विधि सिखाई गई है। उसके साथ-साथ पहाड़े याद करने की जगह उन्हें सरलता से लिखने की विधि भी है। तू तो जानता ही है कि मुझे पहाड़े याद नहीं होते। अत: वह विधि भी मेरे बहुत काम आई। इसके साथ-साथ उस पुस्तक में कुछ अभ्यास प्रश्न भी थे जो कि मैंने परीक्षा से पहले हल कर लिए थे। बस इन्हीं सब कारणों से मुझे मैथ्स में अच्छे नंबर मिले हैं। सचमुच बहुत अच्छी पुस्तक है।'

यश फिर बोला, 'मुझे मेरे जन्मदिन पर बहुत तोहफे मिले परंतु सच पूछो तो मुझे तेरा तोहफा ही सबसे अच्छा लगा क्योंकि बाकी सभी तोहफे तो एक समय के बाद पुराने या बेकार हो जाएंगे परंतु तेरा तोहफा मेरे सदा काम आएगा। कभी किताब के रूप में तो कभी याददाश्त के रूप में।'

यश की बात सुनकर निक्कू बहुत हैरान हुआ तथा साथ-ही-साथ मन में बहुत पछताया भी। शर्मा अंकल के जिस तोहफे को बेकार समझकर उसने खोलकर देखना भी ठीक नहीं समझाए वह कितना उपयोगी था, यह उसे अब समझ आया था।

'मैं भी कितना मूर्ख हूं। शर्मा अंकल सदा ही उपहार स्वरूप मुझे ज्ञानवर्धक और उपयोगी पुस्तकें देते हैं परंतु मैं उन्हें बेकार समझकर एक और फेंकता आया हूं। काश कि मैंने शर्मा अंकल के दिए हुए तोहफों की कद्र की होती और उनका उपयोग किया होता तो आज मैं पहले से भी अधिक बुद्धिमान और कामयाब हो गया होता।' वह सोच रहा था।

इसी उहोपोह में डूबा निक्कू जल्दी-जल्दी घर की ओर चल पड़ा ताकि घर जाकर यह देख सके कि शर्मा अंकल द्वारा दी गईं अन्य पुस्तकें सुरक्षित हैं या नहीं।

रेखा लोढ़ा 'स्मित'

सी-207, आलोक स्कूल रोड,
सुभाष नगर,
भीलवाड़ा-311001
मो. : 9829610939

4 अगस्त 1965 को जन्मी रेखा लोढ़ा 'स्मित' संवेदनशील कवयित्री के साथ-साथ गंभीर बाल साहित्यकार हैं। वे कविताओं के साथ-साथ बच्चों के लिए गीत और कहानियां भी लिखती रही हैं। आई ओढ़ दुशाला, चुन्नू-मुन्नू थे दो भाई (बालगीत संग्रह) गांव चलकर आ गया (बाल कहानी संग्रह) सीप, मुखर होता मौन, नागफनी का दंश, कोई कबिरा से कह दो (काव्य संग्रह) आदि उनकी प्रशंसित रचनाएं हैं।

समझ गया सूरज

सूरज बहुत ही उतावला और उत्साही बालक था। हर काम में तेज, फिर वह चाहे पढ़ाई हो, खेलकूद हो या सांस्कृतिक कार्यक्रम, सूरज सबसे आगे। ऐसे ही कागज फाड़ने में भी सबसे पहले तैयार रहता। किसी को भी कागज की जरूरत हो, सूरज भैया निर्दयता से अपनी कॉपी से कागज नोचकर निकाल लेते। फिर चाहे दो लाइन ही लिखनी हो लेकिन कॉपी के बीच से दो कागज यानी चार पृष्ठ निकाले जाते। बचे हुए कागज की या तो हवाई जहाज बनाकर उड़ाई जाती या नाव बनाकर नाली में तैराई जाती। मम्मी-पापा, दादा-दादी, भैया यहाँ तक कि टीचर ने भी बहुत समझाया कि सूरज, कागज बहुत कीमती होते हैं, उन्हें ऐसे नष्ट नहीं करना चाहिए। यहाँ तक कहा गया कि कागज विद्या है, इसे फाड़ने व खराब करने से विद्या माँ नाराज हो जाती है। फिर बच्चे अच्छे नंबरों से पास नहीं होते। यह सुनकर सूरज भैया बोल उठे, 'पर मैं तो हमेशा क्लास में फर्स्ट आता हूँ।' कई कोशिशों के बावजूद सूरज की इस आदत को नहीं सुधारा जा सका। उसे कितना भी टोक लो, रोक लो वह कागज फाड़ने से बाज नहीं आता। सबने परेशान होकर हथियार डाल दिए। अब सूरज खुद अपने से समझे तो समझे।

कोई और उसे कागज की बर्बादी न करने की बात नहीं समझा सकता है। समय ऐसे ही बीतता रहा पर एक दिन चमत्कार ही हो गया। उस दिन सूरज स्कूल से लौटा तो उसने न खाना खाया, न किसी से कोई बात की और सीधा अपने कमरे में चला गया। अपने कमरे में बिखरे, फटे कागजों को समेटने लगा, अपनी कॉपियां व्यवस्थित करने लगा। उसके इस व्यवहार से घर वाले उसको आश्चर्य से देख रहे थे।

दादी ने तभी कमरे में जाकर पूछा, 'क्या बात है बिटवा ? आज तुमने न कपड़े बदले, न खाना खाया और ये क्या करने लगे हो ? फटी हुई कागज की चिन्दियों को क्यों इकट्ठी कर रहे हो ?'

सूरज बोला, 'दादी आपको पता है, एक कॉपी का कागज बनने में पूरा एक पेड़ लग जाता है। हम अगर एक कॉपी खराब करते हैं, मतलब एक पेड़ को मार देते हैं।'

दादी ने आश्चर्य से कहा, 'क्या बात कर रहे हो बिटवा, हम पेड़ कैसे मार देते हैं, हम तो पेड़ को पानी पिलाते हैं, उन्हें खाद देते हैं, उनकी पूजा करते हैं।'

सूरज बोला, 'अरे दादी, आप मेरी बात समझ ही नहीं रही हो। मैं अपने घर के पेड़ों की बात नहीं कर रहा हूँ।'

दादी ने फिर पूछा, 'तो फिर हम कौनसा पेड़ मार देते हैं बिटवा।'

'पहले आप बैठो दादी', सूरज बोला, 'मैं आपको समझाता हूँ। यह कागज है न, यह सेल्यूलोज से बनता है सेल्यूलोड से। सेल्यूलोज के रेशे को इकट्ठा करके उसकी चादर बनाई जाती है, जिससे कुछ प्रोसेस मतलब प्रक्रिया के बाद कागज बनता है। और आपको पता है दादी, यह सेल्यूलोज है न पेड़ों में पाया जाता है। दादी, सौ पेज की कॉपी बनाने के लिए एक पूरा पेड़ काटना पड़ता है। अब कागज तो हर जगह बहुत काम आता है कॉपी बनाने में, किताब के लिए, अखबार में, कंप्यूटर प्रिंटर में रोज लाखों कागज काम में लिए जाते हैं। इसके लिए जाने कितने पेड़ रोज काटे जाते हैं। ऐसे तो सारे पेड़ नष्ट हो जाएँगे। आपको एक बात और बताऊँ दादी, हर व्यक्ति को साँस लेने के लिए जितनी आक्सीजन चाहिए उसके लिए 16 से 20 पेड़ों की जरूरत पड़ती है। पर कोई भी इतने पेड़ लगाता कहाँ है? नए पेड़ पूरी संख्या में लगाए नहीं जाते, पुराने रोज काटे जा रहे हैं। दादी, अगर ऐसे ही होता रहा तो धरती पर साँस लेने के लिए ऑक्सीजन ही नहीं बचेगी। फिर बताओ हम सब जिएंगे कैसे? और तो और, पेड़ केवल कागज के लिए ही नहीं बल्कि दूसरे कई कामों के लिए भी बेरहमी से काटे जाते हैं। आपको पता है दादी, पेड़ भी सजीव होते हैं, इनको काटने पर इन्हें भी बहुत दर्द होता है।'

ध्यान से टकटकी लगाए सूरज की बातें सुन रही दादी बोली, 'अरे मेरे बाल-गोपाल, आज तू इत्ती ज्ञान की बातें कहाँ से सीख कर आया है।'

'अरे दादी, आज अर्थ-डे है अर्थ-डे।'

'अब यह अर्थ-डे क्या होवे है लल्ला।'

'दादी, आपको इतना भी नहीं पता? अरे पृथ्वी-दिवस है पृथ्वी-दिवस। हर साल यह पृथ्वी-दिवस 22 अप्रैल को मनाया जाता है।'

'अच्छा! तुम्हें किसने बताया ये सब?'

'दादी, आप भी स्कूल जाया करो, आप घर में बैठी रहती हो न, इसलिए आपको कुछ भी पता नहीं चलता।' सूरज बताने लगा, 'आज हमारी स्कूल में पर्यावरण विशेषज्ञ आए थे। उन्होंने हमें बताया कि कागज कैसे बनता है? किस तरह और क्यों पेड़ काटे जा रहे हैं? और उन्होंने कहा कि जहाँ पूरी धरती पर एक तिहाई जगह पेड़ होने चाहिए, वहाँ कई जगह तो उसका चौथा भाग भी पेड़ नहीं बचे हैं। उन्होंने हमें एक फिल्म भी दिखाई। उन्होंने यह भी कहा कि अगर तुम अपने आप को बचाए रखना चाहते हो तो नए पेड़ लगाओ, पुराने पेड़ों की कटाई कम करो। इसके लिए हमें कागज, बिजली और अन्य कई चीजों के व्यर्थ खर्च को रोकना पड़ेगा। तभी पेड़ बच सकेंगे।'

आश्चर्य से सूरज की तरफ देखते हुए दादी बोली, 'हाय रे दैया, हमारा बिटवा तो एक ही दिन में बहुत समझदार हो गया है।'

'हाँ दादी, अब मैं कागज कभी नहीं फाड़ूँगा और रद्दी कागजों को यहाँ-वहाँ नहीं फैंककर, उन्हें इकट्ठा करके रद्दी वाले भैया को दूँगा। जिससे उस रद्दी से दोबारा नया कागज बन सके। कमरे में फालतू लाइट, पंखा भी चलता हुआ नहीं छोड़ूँगा।'

दादी कुछ कहती उससे पहले ही 'अरे वाह! शाबाश सूरज बेटा।' कहते हुए बाहर खड़े दादाजी भी अंदर आ गए। माँ व भैया भी बाहर खड़े सूरज की बात सुन रहे थे, उन्होंने भी तालियाँ बजाकर सूरज को शाबाशी दी।

राजकुमार जैन 'राजन'

चित्रा प्रकाशन, आकोला-312-205, चित्तौड़गढ़ (राजस्थान)
मो. : 9828219919

24 जून 1969 को चितौड़ जिले के गांव अकोला में जन्मे राजकुमार जैन की सैकड़ों रचनाएं देश-विदेश की पत्र-पत्रिकाओं में प्रकाशित हो चुकी हैं। उनकी 36 पुस्तकें बाल साहित्य की हैं। मन के जीते जीत, पेड़ लगाओ, खोजना होगा अमृत कलश, सपनों के सच होने तक आदि आपकी चर्चित पुस्तकें हैं।

राजन जी बाल साहित्य सृजन के साथ बच्चों को बाल साहित्य उपलब्ध कराने का महत्ती कार्य कर रहे हैं। अन्य की सहभागिता के साथ लगभग दस लाख रूपये मूल्य का साहित्य विद्यालयों, संस्थाओं, शोध केंद्रों, विद्यार्थियों आदि को वे भेंट कर चुके हैं।

सृजन महोत्सव, संगिनी, राष्ट्रसमर्पण आदि पत्रिकाओं का कुशल सम्पादन कर रहे राजनजी अनेक संस्थाओं से पुरस्कृत हैं। उनकी कई पुस्तकों का अन्य भाषाओं में अनुवाद हुआ है।

खुशी दो, खुशी लो

किसी गाँव में एक जादूगरनी रहती थी। कहते हैं, उसके पास एक जादुई रुमाल था। उस जादुई लाल रंग के रुमाल का कमाल यह था कि जिसके पास वह पहुंच जाए, खुशी उसकी चेली हो जाए। हर प्रसन्नता, समृद्धि उसको मिल जाए।

कई लोग उसको पाने की कोशिश करके हार चुके थे।

उस गाँव से बहुत दूर विजय नगर में दो भाई रहते थे। उनका नाम था- चंचल और अंचल। वे भी रात-दिन उस रुमाल के बारे में सोचा करते थे, पर वे यह नहीं जानते थे कि वह जादूगरनी रहती कहाँ है?

एक दिन उन्होंने उसे ढूंढ निकालने और उससे जादुई रुमाल हासिल करने की ठान ही ली।

तड़के ही वे घर से निकल पड़े। अंचल उत्तर दिशा में गया, चंचल दक्षिण दिशा में।

रास्ते में अंचल को एक लड़की मिली, जो तालाब से गुलाब का फूल तोड़ने का यत्न कर रही थी। उसने ऊंची आवाज में लड़की से पूछा, 'ए लड़की, क्या तुम उस जादूगरनी का पता जानती हो, जिसके पास खुशी का लाल रुमाल है?'

'नहीं!', लड़की ने उत्तर दिया और फिर मिन्नत करते हुए बोली, 'भैया, जरा यह फूल तोड़कर मुझे दे दो। माताजी को पूजा के लिए चाहिए। तुम्हारा भला होगा।'

पर अंचल ने उसकी परवाह नहीं की और आगे चल दिया।

कुछ दूरी चलने के बाद, एक पेड़ के नीचे उसे बूढ़ा बाबा मिला, जो रोटी खा रहा था। उसने बूढ़े बाबा से भी जादूगरनी के बारे में पूछा।

बूढ़े बाबा को कुछ मालूम नहीं था। उसने कहा, 'लेकिन भैया, तुम जरा देर मेरे पास बैठो तो सही। मेरे साथ खाना खाओ। अकेले में मुझे बेहद ऊब होती है। थोड़ा विश्राम कर मैं भी तुम्हारे साथ चल दूँगा। सफर आसान हो जाएगा।'

अंचल ने हल्का-सा जवाब दिया, 'बाबा, मुझे फुरसत नहीं है। आप धीरे

चलेंगे इसलिए मैं आपके साथ नहीं चल पाऊंगा। मुझे जल्दी से जल्दी जादूगरनी की तलाश करनी है।' कहकर वह आगे बढ़ गया।

घूमते-भटकते रात हो गई। कोई भी जादूगरनी का पता नहीं बता सका। थक हार कर हताश और निराश अंचल ने घर की राह ली।

उधर चंचल भी घूम-फिर कर खाली हाथ लौट आया था। जादूगरनी और जादुई रुमाल का सुराग उसे भी नहीं मिला। पर दोनों में आश्चर्यजनक अंतर था। चंचल रुमाल न पाकर भी उदास नहीं था, जबकि अंचल अंधेरे में एक पत्थर पर दु:खी और उदास मुद्रा में बैठा हुआ था।

'रुमाल और जादूगरनी नहीं मिले तो इसमें उदास होने की क्या बात है?' चंचल ने आशापूर्ण शब्दों में अंचल का हौसला बढ़ाते हुए कहा।

'आज नहीं तो कल मिलेगा। कल नहीं तो परसों। पर मुझे घूमने में बहुत मजा आया। रास्ते मे पहले एक लड़की मिली। मैंने तालाब से कमल का फूल तोड़कर उसे दिया। वह बहुत खुश हुई। उसने खुश होकर मुझे दुआ दी। चावल का एक दाना भी दिया। ह:ह:ह:... चावल का एक दाना! मुझे चावल के दाने पर हंसी आई। पर मैंने सोचा, प्रेम से दिया गया छोटा उपहार भी बड़ा होता है। कहीं उस लड़की का दिल न दु:ख जाये, इस लिए वह दाना खुशी-खुशी अपने पास रख लिया। आगे बढ़ने पर एक बूढ़ा बाबा मिला। मैंने उसके साथ बैठकर रोटी खाई। उसके साथ खूब बातें की। फिर हम दोनों साथ-साथ चलने लगे। मैं घर आ गया। बाबा आगे चले गए। वो बहुत खुश हुए।'

अंचल ने मुंह बिचकाकर कहा, 'हाँ, वे दोनों मुझे भी मिले थे, पर मेरे पास उनके लिए फालतू समय नहीं था।'

चंचल ने अंचल को दिखाने के लिए कमीज की जेब से वह चावल का दाना निकालना चाहा, किंतु आश्चर्य! दाने की जगह एक लाल रुमाल निकला।

रुमाल हाथ में आते ही चंचल खुशी के मारे उछलने-नाचने लगा। अंचल देखकर ठगा-सा रह गया। वह चिल्लाया, 'अरे, लगता है, यही है वह खुशी का जादुई रुमाल!'

घूमते-गाते चंचल की नज़र अचानक रुमाल के कोने में कढ़े चार शब्दों पर पड़ी। वे शब्द थे, 'खुशी दो, खुशी लो।'

गोविंद भारद्वाज

23 अगस्त 1969 को जन्मे गोविंद भारद्वाज राजस्थान शिक्षा सेवा में कार्यरत हैं और प्रधानाचार्य के पद पर अपनी सेवाएं दे रहे हैं।

वे बालमन के पारखी हैं। उनकी रचनाएं बच्चों को ज्ञान-विज्ञान की रोचक दुनिया की सैर कराती हैं। भारद्वाज जी की रचनाएं प्रमुख पत्र-पत्रिकाओं में प्रकाशित होती रहती हैं। आपके छह बाल कहानी संग्रह तथा दो बाल कविता संग्रह प्रकाशित हैं। राजस्थान साहित्य अकादमी, उदयपुर के शंभूदयाल सक्सेना बाल साहित्य पुरस्कार से सम्मानित हैं।

4/254, पितृ कृपा,
बी-ब्लॉक, हाउसिंग बोर्ड
कॉलोनी, पंचशील नगर,
अजमेर-305004
मो. : 9461020491

बड़े बाप की बेटी

कक्षा पांच में एक बहस चल रही थी। बहस की वजह थी एक लड़की। जिसने कल ही श्रुति के स्कूल में प्रवेश लिया था। उसका नाम था परी। श्रुति नयी लड़की परी को अपनी सहेली बनाना चाहती थी, लेकिन स्वीटी और मैना भी उसे अपनी सहेली बनाना चाहती थी। बेचारी परी चुपचाप बैठी उनकी बहस सुन रही थी।

इतनी देर में क्लास टीचर आ गयी।

'गुड मॉर्निंग मैडम...।'

'गुड मॉर्निंग बच्चों... अभी आप लोग सभी जोर-जोर से बहस कर रहे थे... मैं बरामदे में खड़ी सब सुन रही थी।'

मैडम की बात सुनकर सारी लड़कियां चुप हो गयी। 'क्लास मॉनिटर बरखा तुम बताओ..क्या बात चल रही थी?'

'मैम अपनी कक्षा में जो नई लड़की आई है ना... परी... सब उसी को लेकर लड़ रहे थे।' बरखा ने खड़े होकर कहा।

'अरे हां परी... परी तो सुंदर ही नहीं बल्कि पढ़ाई-लिखाई और अन्य साहित्यिक-सांस्कृतिक कार्यक्रमों में भाग लेती है। कल ही मैं उसका बायोडाटा देख रही थी। परी बेटा खड़ी होना अपनी सीट पर।' मैडम ने कहा। परी चुपचाप अपनी जगह पर खड़ी हो गयी।

'बेटा.. तुम्हारा नाम परी है... सचमुच में भी तुम परी जैसी दिखती हो..।' मैडम ने परी की तारीफ करते हुए कहा।

'थैंक्स मैम।' परी ने संक्षिप्त-सा उत्तर दिया।

श्रुति ने पूछा, 'मैम क्या मैं इसे अपनी सहेली बना सकती हूं?'

'क्यों नहीं श्रुति... तुम क्या सारी कक्षा ही सहेली बन सकती है परी की। बल्कि मैं कहूंगी कि तुम सबकी सहेली है परी।' मैडम ने कहा। मैम की बात सुनकर सब तालियां बजाने लगीं।

सचमुच परी का स्वभाव बहुत ही सहज और सरल था। वह सबके साथ जल्दी घुल-मिल गयी। उनकी कक्षा में लेखी नाम की लड़की थी। वह भी बहुत सुंदर और पढ़ाई-लिखाई में होशियार थी। उसे लगा कि परी के आ जाने से उसकी पूछ कम हो गयी। वो परी से अंदर-ही-अंदर ईर्ष्या करने लगी। वह बात-बात पर परी और उसकी सहेलियों से झगड़ा कर बैठती। लेकिन परी को उससे कोई शिकायत नहीं थी।

एक बार स्कूल में फैंसी ड्रेस प्रतियोगिता आयोजित होनी थी। अन्य कक्षाओं की बालिकाएं भी इस में भाग ले रहीं थी। लेखी ने भी फैंसी ड्रेस प्रतियोगिता में भाग लेने के लिए अपना नाम लिखवा दिया। परी भी इस प्रतियोगिता में भाग लेना चाहती थी। किंतु उसे लगा कि वह भाग लेगी तो हो सकता है लेखी उससे चिड़ जाए या उसके मन को ठेस पहुंचे। इसलिए उसने खुद भाग न लेकर लेखी का साथ दिया। श्रुति, स्वीटी, बरखा और तो और उनकी क्लास टीचर भी परी को फैंसी ड्रेस प्रतियोगिता में भाग लेने के लिए तैयार कर रहीं थीं। लेकिन परी ने कहा, 'हमें अपनी कक्षा को ये अवार्ड जिताना है। अगर हम में ही खींचा-तानी रही तो कोई अन्य कक्षा की लड़की जीत जाएगी।' उसकी बात से सब सहमत हो गये।

फैंसी ड्रेस प्रतियोगिता का आयोजन हुआ। बीस लड़कियों में से लेखी प्रथम रही। उसने फैंसी ड्रेस प्रतियोगिता में परी का रूप धारण किया था। उसकी खूबसूरत ड्रैस और परियों वाली अदा ने सभी पर जादू कर दिया था।

पुरस्कार लेने के लिए लेखी को बुलाया गया। सब उसके आने पर जोरदार तालियां बजा रहे थे। लेखी से चीफ गेस्ट महोदय ने पूछा, 'बेटा प्रथम आने पर तुम्हें बधाई। तुम ये बताओ कि तुम्हें परी की वेशभूषा की प्रेरणा देने वाला कौन था... तुम्हारी मम्मी... कोई मैडम या फिर... कोई और।'

'सर इस पुरस्कार पर मेरा नहीं बल्कि मेरी सहेली का हाथ है... जिसने मुझे परी की ड्रेस में आने के लिए प्रेरित किया... इतना ही नहीं बल्कि उसने अपने घर से ड्रेस भी लाकर दी और मुझे तैयार भी किया।' लेखी ने कहा।

'कौन है वो तुम्हारी बैस्ट फ्रैंड?' चीफ गेस्ट जी ने पूछा।

'जी... मुझे अपनी जैसी सुंदर परी बनाने वाली परी ही है।' लेखी ने माइक पर कहा।

'परी... मैं कुछ समझा नहीं।' चीफ गेस्ट जी ने पूछा।

लेखी ने मुस्कुराते हुए कहा, 'सर उसका नाम ही परी है,जो कक्षा पांच में मेरे

साथ पढ़ती है।'

सभागार तालियों से गूंज उठा। परी को भी स्टेज़ पर बुलाया गया। उसको भी सम्मानित किया गया। अचानक परी चीफ गेस्ट के गले लग गयी। सभागार में ये दृश्य देखकर खामोशी छा गयी।

परी ने अपने खुशी के आंसू पौंछते हुए बताया, 'आज के चीफ गेस्ट ही मेरे डैडी हैं।'

दरअसल शहर के जिला कलेक्टर की इकलौती बेटी थी, परी जो कुछ दिन पहले ही आए थे। ये सुनकर फिर तालियों की गड़गड़ाहट गूंजने लगी।

बड़े बाप की बेटी होने पर भी परी का एकदम साधारण व्यक्तित्व होना सब को बहुत पसंद आया। लेखी भी अब उसकी पक्की सहेली बन गयी।

इंजीनियर आशा शर्मा

ए-123, करणी नगर,
लालगढ़, बीकानेर-334001
मो. : 9413369571

22 जून 1971 को जन्मी आशा शर्मा की बाल रचनाएं प्रमुख पत्र-पत्रिकाओं में नियमित रूप से प्रकाशित होती रही हैं। राजस्थान साहित्य अकादमी उदयुपर, जिला प्रशासन, बीकानेर सहित अनेक पुरस्कारों से सम्मानित आशाजी की प्रकाशित पुस्तकें हैं:- अंकल प्याज (बाल कविता संग्रह) गज्जू की वापसी, डस्टबिन में पेड़ (बाल कहानी संग्रह) उजले दिन मटमेली शामें, मुफ्त की कीमत (लघुकथा संग्रह) तस्वीर का दूसरा रुख (कहानी संग्रह) अनकहे स्वप्न (कविता संग्रह)। वर्तमान में आप विद्युत विभाग, राजस्थान में सहायक अभियंता पद पर कार्यरत हैं।

दादी बदल गई

लॉकडाउन के कारण नीनू बहुत परेशान है। शुरू के कुछ दिन तो स्कूल बंद होने की खबर सुनकर उसे बहुत अच्छा लगा था। देर तक सोना, जीभर टीवी देखना और मम्मी के मोबाइल पर गेम खेलना। पूरा दिन मजे-मजे में बीत जाता था लेकिन अब वह इन सबसे बोर होने लगा।

आजकल वह ना तो टीवी पर कोई कार्टून देखता है और ना ही दोस्तों के साथ वीडियो चैट करता है। सारा दिन आलसी-सा पड़ा रहता है। एक दिन छत पर से सामने वाले मिश्रा अंकल के बरामदे में एक छोटा-सा सफेद पिल्ला घूमते देखा। नीनू की आँखें चमक उठी।

'पापा! मिश्रा अंकल के घर कितना प्यारा-सा पिल्ला है। मुझे भी एक पेट ला दो ना।' उसने जिद की। पापा उसकी परेशानी समझते थे लेकिन नीनू की दादी को घर में कुत्ता-बिल्ली पालने से सख्त एतराज था।

'घर इंसानों के रहने के लिए होते हैं जानवरों के लिए नहीं। पता नहीं कितनी बीमारी फैलाते होंगे?' कहकर दादी ने अपनी नाराजगी जता दी। नीनू उदास हो गया।

'अकेला बच्चा है। खेलने के लिए साथी तो चाहिए ना!' नीनू की उदासी देखकर पापा ने दादी को समझाने की बहुत कोशिश की लेकिन वे नहीं मानी।

'ठीक है। आप उसे मत छूना। उसका कोई काम भी मत करना।' कहकर नीनू ने उन्हें मनाने की कोशिश की तो नीनू की खुशी के लिए उन्होंने बेमन से हामी भर दी। और दूसरे दिन शाम को ही पापा एक छोटा-सा बिल्ली का बच्चा घर ले आये।

सुनहरे भूरे बालों और नीली आँखों वाले इस बच्चे का नाम कीबा रखा गया।

कीबा के आने से नीनू की दुनिया ही बदल गई। पूरा दिन उसके साथ मस्ती करने में बीतने लगा। कीबा इतनी छोटी थी कि नीनू की हथेली में ही सिमट जाती। कभी उसके पेट पर चढ़ जाती तो कभी कंधे पर। गुदगुदी होती तो नीनू खिलखिलाकर हँस पड़ता। दूध पीने के बाद जब वह अपनी छोटी-सी गुलाबी जीभ

निकालकर पंजे और मुँह चाटती तो नीनू को उस पर बहुत प्यार आता था। नीनू कीबा के लिए बहुत से खिलौने भी लाया लेकिन कीबा को बजने वाली गेंद ही सबसे अधिक पसंद थी। वह उसे लुढ़का-लुढ़काकर पूरे घर में घुमाती रहती थी।

कीबा बहुत समझदार थी। एक महीने में ही वह समझ गई थी कि दादी उसे अधिक पसंद नहीं करती इसलिए वह भी रसोईघर, मंदिर और दादी के कमरे से दूर ही रहती थी। कभी सामने आ भी जाती तो चुपचाप बचकर किनारे से निकल जाती।

आज नीनू को अपने मम्मी-पापा के साथ नये स्कूल में एडमिशन के लिये जाना था। बाकी सारी कार्यवाही तो ऑनलाइन पूरी हो गई थी बस नीनू का इंटरव्यू होना ही शेष थी।

अब समस्या ये थी कि कीबा को अकेले कैसे छोड़ा जाए। दादी ने तो पहले ही मना कर दिया था लेकिन स्कूल तो जाना ही था।

सू-सू, पोटी करने के बाद मम्मी ने कीबा को दूध पिला दिया। कुछ देर खेलने के बाद वह सो गई तो सब लोग निश्चिंत होकर स्कूल के लिए निकल गये।

थोड़ी देर बाद कीबा जाग गई। वह घर में घूम-घूम कर सबको ढूंढने लगी। जब कोई नहीं दिखा तो वह सहम गई। कई देर तक म्याऊं-म्याऊं करती रही फिर डर के मारे वह दादी के चारों तरफचक्कर काटने लगी। अपने पंजों से उनकी साड़ी पकड़कर उनकी गोद में चढ़ने की कोशिश करने लगी।

दादी ने उससे पीछा छुड़ाने की बहुत कोशिश की लेकिन कीबा थी कि उनसे दूर जा ही नहीं रही थी। तभी उन्हें याद आया कि नीनू उसे खेलने के लिए बजने वाली बॉल देता है। दादी ने बॉल को बहुत ढूँढ़ा लेकिन उन्हें कहीं भी वो गेंद दिखाई नहीं दी। कुछ सोचकर उन्होंने ऊन का गोला कीबा की तरफफेंक दिया। कीबा उससे खेलने लगी। दादी टीवी चलाकर सीरियल देखने लगी।

अचानक दादी को लगा जैसे कीबा कराह रही है। पहले तो उन्होंने टाल दिया लेकिन जब उसकी कराहट बढ़ने लगी तो दादी उठकर उसके पास गई। देखा तो कीबा ऊन में बुरी तरह से उलझी हुई पड़ी थी। वह हिल भी नहीं पा रही थी। सिर्फ म्याऊं-म्याऊं कर रही थी।

दादी ने धीरे-धीरे उसे ऊन से आजाद किया।

कैद से छूटते ही कीबा उछलकर दादी की गोद में दुबक गई। दादी डर गई। वे उसे हाथ में पकड़कर गोद से नीचे उतारने लगी लेकिन कीबा थी कि उनकी गोद में दुबकी ही जा रही थी। आज दादी ने पहली बार उसे छुआ। उसके बाल बहुत

मुलायम थे। कीबा अपनी छोटी-सी जीभ निकालकर उनका हाथ चाटने लगी। दादी उसे प्यार से सहलाने लगी। उसी समय नीनू ने घर में प्रवेश किया। अंदर का दृश्य देखकर वह खुशी से उछल पड़ा।

'पापा! देखिए कीबा और दादी की दोस्ती हो गई। दादी बदल गई।' नीनू ने ताली बजाते हुए कहा।

'तेरी कीबा सचमुच बहुत प्यारी है रे।' कहते हुए दादी ने कीबा को नीनू के हाथ में थमा दिया।

मम्मी-पापा भी खुश थे। दादी ने कीबा को घर का सदस्य स्वीकार जो कर लिया था।

कीर्ति शर्मा

द्वारा, डॉ. भवानी शंकर व्यास,
वार्ड नं. 2, नंदा कॉलोनी,
नोहर-335523
(हनुमानगढ़ राजस्थान)
मो. : 7230805913

24 दिसम्बर 1971 को जन्मी कीर्ति शर्मा हिन्दी, राजस्थानी और इतिहास विषय में स्नातकोत्तर हैं। हिन्दी और राजस्थानी दोनों भाषाओं में सृजनरत कीर्ति जी का हिन्दी में 'पिघलते लम्हों की ओट से' तथा 'बूंद भर सावन' और राजस्थानी में 'हेत रो उदास' कहानी संग्रह आ चुके हैं। आप शिक्षिका हैं और बच्चों के लिए बराबर सृजन करती रही हैं। आपकी बाल कहानियां पत्र-पत्रिकाओं में प्रकाशित होती रहती हैं। भारतीय साहित्य सृजन संस्थान, पटना, सुरजाराम जालीवाल सृजन पुरस्कार, जिला प्रशासन हनुमानगढ़ सहित अनेक संस्थाओं से पुरस्कृत-सम्मानित कीर्तिजी इन दिनों 'आधुनिक हिन्दी साहित्य की चयनित बालकथाएं' पुस्तक के सम्पादन कार्य में संलग्न हैं।

मम्मी का बचपन

मोनू जयपुर में अपनी मम्मी और पापा के साथ रहता है। वह एक कॉन्वेंट स्कूल में तीसरी कक्षा का विद्यार्थी है। उसके मम्मी और पापा दोनों ही एक सरकारी विभाग में अधिकारी हैं। सुबह-सवेरे मोनू को नहला-धुला कर नाश्ता करवाकर स्कूल भेजा जाता है और फिर उसके मम्मी-पापा भी अपने ऑफिस चले जाते हैं।

शाम का समय मोनू और उसकी मम्मी का होता है। मम्मी और मोनू खूब बातें करते हैं। स्कूल का होमवर्क करने के बाद मोनू को अपनी मम्मी के बचपन की बातें सुनना बहुत अच्छा लगता है।

मम्मी बताती हैं कि जब वे मोनू की उम्र की थीं तो गांव में रहती थी। तब उनके दादा-दादी उन्हें बहुत प्यार करते थे। खेतों में घुमाने ले जाते थे। अच्छी-अच्छी कहानियां सुनाया करते थे। कई तरह के खेल खिलवाया करते थे। जब कभी छुट्टियों में वे अपनी ननिहाल जाती थीं तो वहां नाना-नानी भी उन्हें वैसा ही लाड-दुलार करते। नई-नई स्वादिष्ट चीजें बनाकर खिलाते और कहानियां भी सुनाते।

मोनू जब अपनी मम्मी के मुंह से दादा-दादी, नाना-नानी की कहानियां सुनता तो उसे बहुत अच्छा लगता था। मोनू तो अपने दादा-दादी और नाना-नानी के पास दो दिन से अधिक रहा ही नहीं। उसके दादा-दादी और नाना-नानी अपने-अपने गांवों में रहते हैं। उसकी मम्मी और पापा की सरकारी नौकरी होने के कारण वे लोग जयपुर में रहते हैं। महानगर की भागमभाग वाली जिंदगी में उन्हें इतना समय ही नहीं मिलता था कि वे गांव में उनके साथ कुछ दिन बिता सकें। जब भी किसी मौके पर जाना होता तो दो-तीन दिन में वापस चले आते थे। मोनू तो ठीक से सबके साथ बतिया भी नहीं पाता था।

मम्मी के बचपन की बातें सुनकर दादा-दादी, नाना-नानी की बातें जानकर मोनू का मन करता था कि वह भी अपने दादा-दादी, नाना-नानी के पास जाए। उसे पता ही नहीं था कि दादा-दादी, नाना-नानी इतने अच्छे होते हैं।

एक दिन उसे पता चला कि उसके दादा और दादी कुछ दिन के लिए जयपुर

में उनके घर आ रहे हैं। वे भी अपने बेटे-बहू और पोते के साथ कुछ दिन बिताना चाहते थे। मोनू के लिए यह जानकारी बहुत बड़ी खुशखबरी थी। उसकी एक बड़ी तमन्ना जो पूरी होने वाली थी। परन्तु मोनू ने महसूस किया कि उसके दादा-दादी के आने की खबर से उसकी मम्मी ज्यादा खुश नहीं हुई थी। पापा ने जरूर कहा था, 'चलो अच्छा है। इसी बहाने मोनू भी अपने दादा-दादी के साथ रह लेगा और कुछ दिन बच्चों के बीच रहकर बुजुर्गों का दिल भी बहल जाएगा।'

जिस दिन पापा रेलवे स्टेशन से दादा और दादी को अपनी कार में बैठाकर घर लाए, उस दिन मोनू की खुशी का ठिकाना नहीं था। उसने अपने दादा-दादी को देखा तो वे उसे बहुत प्यारे लगे। सफेद रंग के सादा धोती-कुर्ते में। उसके दादा जी बिल्कुल फिल्मों वाले दादा जी ही लग रहे थे। घाघरा-चोली और उस पर ओढ़नी ओढ़े हुए उसकी दादी भी बहुत अच्छी लग रही थी।

दादा-दादी गांव से मोनू के लिए बहुत सारी चीजें लेकर आए थे। गांव के देसी घी से बने लड्डू, सांगरी का अचार, उनके खेत से निकाले गए मतीरे, कुछ कपड़े और खिलौने भी लेकर आए थे। दादी के हाथ से बनाया हुआ एक स्वेटर भी मोनू के लिए लाए थे। उसे ये सब चीजें बहुत पसन्द आई थीं। परन्तु जाने क्यों मम्मी उसे गांव से लाई खाद्य सामग्री खाने से मना करती थी। परन्तु मोनू था कि मना करने के बावजूद थोड़ी-बहुत खा ही लेता था। दादी के हाथ से बने स्वेटर को देखकर भी मम्मी ने नाक-भौं सिंकोड़ी थी, 'क्या जरूरत थी यह सब लाने की। जयपुर जैसे शहर में इतना कुछ तो मिलता है। हमारा मोनू भी तो अब हर चीज ब्रांडेड कंपनी की पहनता है। पुराने जमाने का यह स्वेटर अब भला यहां कौन पहनता है।'

मम्मी की इस बात के विपरीत स्कूल समय के बाद शाम को मोनू दादी का लाया वही स्वेटर पहनकर घूमता रहता था।

मोनू अपने दादा-दादी को शाम के समय कॉलोनी के पार्क में ले जाना चाहता, जहां उसके अनेक दोस्त खेलने आते थे। परन्तु मम्मी हमेशा उसे मना कर देती थी। मम्मी का मानना था कि दादा-दादी की ग्रामीण वेशभूषा और भाषा देखकर उसके दोस्त मजाक उड़ाएंगे। मोनू को न उनके पहनावे से ऐतराज था, न भाषा से। वह तो उनकी राजस्थानी भाषा में कही बातों को भी कुछ ही दिनों में समझने लगा था।

दादी जब अपने जमाने की परम्परागत कहानियां सुनाती, जिसमें एक राजकुमारी को राक्षस उठा ले जाता है। उस राक्षस की जान एक तोते में होती है और एक

बहादुर राजकुमार चालाकी से उस तोते को मारकर राक्षस का अंत करता है और राजकुमारी को छुड़वाकर लाता है... तो मम्मी फिर टोकती, 'कैसी कहानी सुना रही हैं मां जी। आजकल के बच्चे तो डॉरेमोन, हैरीपॉटर और स्पाइडरमैन की कहानियां सुना करते हैं।' परन्तु मोनू को परियों, राजकुमारियों और राक्षसों की कहानियों में मजा आता था।

कई बार तो मोनू झुंझला ही जाता था। वह दादी के पास आकर बैठता ही था कि मम्मी की सख्त आवाज कानों में पड़ती, 'चलो मोनू, पहले अपना होमवर्क पूरा करो।'

मोनू को यह सोच कर बड़ी खीझ होती कि अपने बचपन में मम्मी ने दादा-दादी के साथ भरपूर मजा लिया था और अब जब उसे कुछ दिनों के लिए मौका मिला है तो मम्मी बार-बार टोकती रहती है।

दादा-दादी भी मम्मी के इस व्यवहार को स्पष्ट महसूस करते थे। वे जानते थे कि मोनू की मम्मी उनके ग्रामीण परिवेश, कम पढ़े-लिखे होने, गंवई भाषा के कारण मोनू पर गलत प्रभाव पड़ने की आशंका से ग्रस्त है। इसलिए वे भी मोनू को मना करने लगे। यहां तक कि वे दस-पन्द्रह दिन में ही वापस गांव जाने की बात करने लगे थे जबकि उनकी वापसी का टिकट दो महीने बाद का पहले से ही बुक करवाया जा चुका था।

एक दिन मोनू मम्मी के पास बैठ कर होमवर्क करने के बाद उठा नहीं। न ही उसने दादा-दादी के पास जाने की जल्दी दिखाई। वह पहले की तरह मम्मी से बातें करने लगा। उसकी मम्मी को भी यह अच्छा लगा। वह और भी ज्यादा रुचि लेकर उसे अपने बचपन और दादा-दादी के किस्से सुनाने लगी।

अचानक नन्हे मोनू ने उसे टोका और पूछा, 'अच्छा मम्मी, एक बात बताओ! जब आप छोटी थीं और अपने दादा-दादी के साथ खेलती थीं। उनसे कहानियां सुनती थीं तो क्या आपकी मम्मी भी आप को ऐसे ही टोकती थीं? आपको उनके पास जाने से रोकती थीं?'

मोनू का यह मासूम सवाल सुनकर मम्मी सन्न रह गई। उन्हें अपनी गलती का अहसास हो गया। इसके बाद दादा-दादी के प्रति अचानक मम्मी का व्यवहार बदल गया। अब वे मोनू को न उनके पास जाने से रोकती थीं और न ही पार्क में उसके दोस्तों से मिलवाने से। अब सब खुश थे।

डॉ. पूनम पाण्डे

दुर्गेश, पुष्कर रोड, कोटरा,
अजमेर-305004
मो. : 9828792720

30 जून 1976 को जन्मी डॉ. पूनम पाण्डे बहुत ही सक्रिय बाल कथाकार हैं। देश की प्रमुख पत्र-पत्रिकाओं में उनकी दस हजार से अधिक बाल कहानियों का प्रकाशन हो चुका है। उनका एक बालकथा संग्रह 'अमरूद की महक' राजस्थान साहित्य अकादमी, उदयपुर के सहयोग से प्रकाशित हुआ है। एन.सी.सी. में सी सर्टिफिकेट, अंडर ऑफिसर रैंक प्राप्त पूनम जी की आकाशवाणी और दूरदर्शन पर रचनाओं का प्रसारण होता रहा है तथा वे नगर गौरव सम्मान, मेघमाला रचनात्मक सम्मान, बिग एफ एम संस्कार सहित अनेक सम्मानों से अलंकृत हैं। बाल कथा के साथ लघुकथा और कविता विधा में भी आप निरंतर सृजनरत हैं।

मनु मन से अच्छा

मनु यह नहीं समझ सका कि जब मम्मी उसकी पसंद की नई-नई खाने की चीजें बना कर देती है तब उनको खा कर उसे बहुत अच्छा लगता है लेकिन जब मम्मी गुस्सा करती है या किसी बात पर फटकार देती है तो खाने से जो खुशी मिलती है वह भी खत्म हो जाती है। उसे कुछ अच्छा-सा नहीं लगता।

वह बहुत ही बैचेन था और जितनी जल्दी हो सके इस सवाल का जवाब जान लेना चाहता था।

उसने सबसे पहले दादाजी के पास जाकर इस सवाल का जवाब जानना चाहा। वह जब उनके पास गया तो देखता क्या है कि दादाजी गौरैया को दाने बिखेर रहे हैं। प्रेम से उन्हें बुला रहे हैं, 'आओ और अपना भोजन प्राप्त कर लो।'

मनु ने उनसे पूछा, 'दादाजी आखिर यह जरूरी है क्या कि दाना भी डालो और प्यार से भी बोलो आओ और खाओ।'

उसकी आवाज पीछे से आ रही थी इसलिए दादाजी एकदम चौंक ही गये। फिर मनु को देखकर अपने पोपले मुँह से हंसने लगे।

इसी दौरान चार गौरैया घबरा कर वहां से दूर हो गई थी। मगर दादाजी के इशारे से वे सब बाकिफ थीं इसलिए उनकी आवाज सुनी तो वे फुदकती-फुदकती वापस लौट आई और चोंच से हौले-हौले दाना चुगने लगीं।

मनु ने अपना सवाल दोहराया तो दादाजी बोले, 'मनु बेटे! किसी की भी जरा-सी परवाह वाला काम आपको यों ही अच्छा बना देता है।'

'अच्छा दादाजी जैसे आप रोज पौधों को पानी देते हैं पर पौधों को जोर से फटकार नहीं लगाते और गौरैया को चुगने के लिए दाना बिखेर देते हैं पर उनको कभी आप डांट नहीं पिलाते।'

दादाजी हंसकर बोले, 'मैं उनको डांट की जगह पानी पिला देता हूं हा... हा...।'

'ये जो नन्हीं-सी चिड़िया है ना मनु बेटे, ये कभी कुछ बरबाद नहीं करतीं जैसे

तुम अपनी मां के हाथ का पकाया व्यंजन या दाल सब्जी सब कुछ बहुत सलीके से कितनी अच्छी तरह खाते हो, बिलकुल अन्न बरबाद नहीं करते।'

दादाजी ने अपनी बात पूरी की ही थी कि मनु चट से बोला, 'मगर दादाजी एक बात सुनो ना, जब मम्मी रोज नई-नई जायकेदार खाने की चीजें बना कर देती है तब तो सब कुछ बढ़िया-ही-बढ़िया लगता है मगर वो जब गुस्सा करती है तो मन बहुत उदास हो जाता है, दादाजी। तब खाने से जो खुशी मिलती है वह खत्म हो जाती है, ऐसा क्यों?'

'मनु मेरे प्यारे बच्चे, क्योंकि हम इंसान हैं, और हम सबके पास एक मन होता है। जानते हो ना।'

'हां हां दादाजी जानता हूं। एक दिन मैंने माली काका को पानी देने में मदद कर दी थी तो वो बोले कि मनु तुम बहुत अच्छे हो। तुमने पौधे सींचकर मेरा मन खुश कर दिया।'

'हां मनु, बिलकुल और उस दिन तुमको भी खुशी मिली होगी। है ना।'

'हां दादाजी बहुत खुशी मिली।'

मनु ने खुश होकर वह घटना याद की।

'देखो मनु बेटे, हमको अच्छा और खुश मन लगातार चाहिए होता है मगर खाना नहीं। तुम हर घंटे तो खाना नहीं खाते हो ना।'

'नहीं दादाजी।' मनु ने कहा, 'नाश्ता, लंच और डिनर के बीच दिन में कभी-कभी सेव, अमरूद, कीवी भी खा लेता हूं।'

'हां-हां मनु। और पानी भी पीते हो।'

'हां जी और नींबू पानी भी।' वह हंसकर बोला

दादाजी ने फिर कहा, 'लेकिन हर घंटे बल्कि हर पल तुमको यह मन का भरोसा तो चाहिए ना कि मां तुमसे खूब प्यार करती हैं। यही हमारा मन है। इसके लिए जिस भोजन की आवश्यकता होती है वह माता, पिता, दादा, दादी, टीचर, माली अंकल आदि सबका प्यार है, हमें लगातार चाहिए होता है। लेकिन हम अक्सर बाहर से खुद को समझते हैं इसलिए केवल शरीर की जरूरतों को पूरा करने पर ही ध्यान देते हैं। मन की जरूरतों पर ध्यान नहीं देते।'

'ओह, दादाजी यह शायद कुछ कठिन हो गया पर शायद मैं समझ रहा हूं।' मनु ने पलकें झपकाकर कहा तो दादाजी समझ गये कि मनु को उनकी सारी बातों में रस आ रहा है और वह आगे भी सुनना चाहता है।

तभी दो गौरैया चीं-चीं करने लगीं। दादाजी ने कहा, 'अरे, तुम्हारी शिकायत तो ये भी समझ गई हैं।'

फिर इसी बात पर मनु और दादाजी दोनों ही ठहाका लगाकर हंस पड़े।

दादाजी आगे बोले, 'अच्छा मनु सुनो। वो याद है ना जब एक दिन तुम्हारी मां ने तुमसे कहा था कि तुम ही उसके सच्चे मित्र हो। तब तुम दोनों में उस समय बेहद प्यार और अपनापन दिख रहा था। तुम्हारे चेहरे पर चमक आ गई थी। एक बार मां ने तुम से कहा कि मनु तुम कमजोर लग रहे हो, कुछ खा लो। एक बार कहा कि प्यासे लग रहे हो, पानी पी लो। एक बार फिर कहा थक गये हो जरा सुस्ता लो। कमाल की बात थी कि मां ने तुमसे यह सब अपना काम करते-करते ही कहा पर तुमको सुनकर बहुत अच्छा लगा। तुम मां से बार-बार लाड-प्यार पाकर इतने आनंद में थे कि उस दिन तुमने पढ़ाई भी ज्यादा की और खुश भी ज्यादा रहे। और अपनी मां का हाल पता है तुमको वो उस दिन बहुत भौंचक थी तुम्हारी स्फूर्ति और जोश देखकर। कुछ याद आया मनु?'

तब मनु को सब याद आ गया, 'अ... हां, हां जी, दादाजी हां हां।' उसने हंसकर कहा। आज मनु ने पहली बार महसूस किया कि कोई अपनेपन से मन का ख्याल भी रखता है तो मन कितना उमंग-तरंग से भर जाता है। और यह भी सीखा कि प्यार का मतलब बस बहुत सारी परवाह है। कोई चतुराई नहीं। लेकिन दादाजी मेरा सवाल अधूरा रह गया कि मां जब फटकार देती है तब मैं क्या करूं?'

दादाजी ने कहा, 'तब तुम चुपचाप एक कुर्सी पर बैठ जाओ और सोचो कि मां का प्यार हमेशा के लिए है और हल्की-सी डांट कुछ सेकेंड के लिए। 'बस तुमको बिल्कुल उदासी नहीं होगी।'

अरे, हां यह तो मैं कर सकता हूं दादाजी।'

'वाह, अच्छा, हां मनु तुम भी तो अच्छे बच्चे हो। कालोनी में अपने से छोटे बच्चों का खयाल रखते हो, है ना।'

'हां दादाजी मगर मैं तो यह सब अपने स्वभाव से करता हूं। मुझे यह याद करके जबरदस्ती नहीं करना होता।'

'हां हां मनु तभी तो यह तुम्हारे भीतर का प्राकृतिक गुण है। हमारा मनु पूरी कालोनी में सबसे अच्छा इंसान है।' दादाजी अपने पोपले मुंह से हंसने लगे तो बहुत ही प्यारे लगे।

'तो हां मेरे बच्चे मनु, जैसे तुम इतने सलोने से अच्छे से हो इतना तो मैं भी

अपने बचपन में नहीं था।'

दादाजी ने उसको एक नई पत्रिका पढ़ने को दी। मनु रंग-बिरंगी पत्रिका पन्ना-दर-पन्ना बड़े चाव से खूब मजे लेकर पढ़ने लगा। उसका मन पत्रिका से पोषण ले रहा था।

डॉ. अंजीव अंजुम

2/38, राजस्थान हाउसिंग बोर्ड,
गुप्तेश्वर रोड, दौसा, राजस्थान
मो. : 8979352330

10 जुलाई 1977 को आयरा खेड़ा (राया) मथुरा में जन्मे डॉ. अंजीव अंजुम की विविध विधाओं में 150 से अधिक पुस्तकें प्रकाशित हैं जिनमें 90 के लगभग पुस्तकें बच्चों के लिए हैं। राजस्थान साहित्य अकादमी, उदयपुर के मरूधर मृदुल युवा साहित्य पुरस्कार के साथ उन्हें दिल्ली पब्लिक लाइब्रेरी बोर्ड का एक लाख पच्चास हजार रूपये का बाल साहित्य श्री सम्मान, 2019 अर्जित किया गया।

विश्व बुक ऑफ रिकार्ड में नाम दर्ज करवाने वाले डॉ.अंजीव अंजुम राजस्थान ब्रजभाषा अकादमी, जयपुर के सदस्य रहे हैं। हिंदुस्तानी एकेडेमी उत्तरप्रदेश, प्रयागराज की ओर से उन्हें वर्ष 2020 का एक लाख रूपये का सम्मान उनकी कृति 'जे बतियां यमुना के जल की' पर अर्पित किया गया है।

डॉ. अंजीव अंजुम हिन्दी, ब्रज और राजस्थानी तीनों भाषाओं में सृजन करते हैं। वे बाल साहित्यकार के साथ संवेदनशील कवि और गीतकार है। अपनी प्रभावी प्रस्तुति से वे श्रोताओं को मंत्रमुगध कर देते हैं।

पापा झूठ नहीं बोलते

राम ने पापा के हाथ में एक नया पौधा देखा। पापा से लिपट कर बोला, 'पापा फिर पौधा लाए हैं? किसका है?'

अमरेंद्र बोले, 'पर्पल आम का।'

राम ने मुंह बनाया। राम को पर्पल रंग से बहुत नफरत थी।

अमरेंद्र ने मजाक के स्वर में राम को चिढ़ाते हुए कहा, 'तुम्हारी पसंद लाल, नीला, पीला है, लेकिन मेरी पसंद तो एक पर्पल रंग है।'

राम को पता था पापा को पर्पल रंग बहुत पसंद है। पापा की टाई पर्पल रंग की है। पापा का टूथब्रश भी पर्पल रंग का है, और हां यहां तक जूते की धारियां भी पर्पल रंग की हैं। पापा पर्पल चीज को बहुत पसंद करते हैं।

लेकिन राम को पर्पल रंग अच्छा नहीं लगता था। उसे पापा की हर बात अच्छी लगती थी, लेकिन पापा का यह पर्पल रंग उससे वह चिढ़ जाता था। उसे पसंद नहीं करता था।

उसने मुंह बनाते हुए कहा, 'पर्पल आम का पेड़। पर्पल तो मुझे बहुत बुरा लगता है।'

अमरेंद्र ने बेटे को पुनः चिढ़ाते हुए कहा, 'लेकिन मुझे अच्छा लगता है।'

राम बोला, 'इसे कहां लगाएंगे।'

अमरेंद्र ने कहा, 'बगीचे के बीच में लगाऊंगा पर्पल है ना।'

राम फिर चिढ़ कर बोला, 'मैं इस आम को पानी नहीं दूंगा।'

अमरेंद्र ने बेटे को अपनी बाहों में ले लिया। सीने से चिपका लिया और अपनी कठोर मूंछों को राम के गालों पर चुभाते हुए कहा, 'पानी तो तुम्हें देना पड़ेगा। पापा का फेवरेट पेड़ है।' और राम के गुदगुदी करने लगे। बच्चा भी खुश होकर हंसने लगा।

जब अमरेंद्र ने उस आम के पौधे को बगीचे के बीच में लगाया, तब राम

को फिर छेड़ा, 'अब एक साल बाद मैं तो पीले आम की जगह पर पर्पल आम खाऊंगा। तुम भी खाओगे न राम।'

राम ने कभी पर्पल आम नहीं देखे थे। वह आश्चर्यचकित था। वह पापा से बोला, 'पापा क्या वास्तव में पर्पल आम होते हैं?'

अमरेंद्र मजाक बहुत करते थे और राम को सताने में तो उन्हें बड़ा आनंद आता था। राम भी उनकी हर मजाक पर चिढ़ जाता था।

अमरेंद्र राम को सताते हुए बोले, 'और क्या पर्पल आम ही आएंगे।'

राम तुनक गया। बोला, 'मैं तो नहीं खाऊंगा।'

पापा ने उसे बाहों में जकड़ते हुए कहा, 'तुम्हें खाना पड़ेगा राम। पापा कह रहे हैं।'

लेकिन राम तो राम था। पापा से गुस्सा कर बोला, 'मैं नहीं खाऊंगा। नहीं खाऊंगा। नहीं खाऊंगा।' वह पांव पटकता हुआ घर की ओर चल दिया।

अमरेंद्र भारतीय सेना में थे। उनकी सीमा पर तैनाती थी। वे छुट्टियों में आये थे। छुट्टियां पूरी होते ही उन्हें सीमा पर जाना पड़ा।

सीमा पर आतंकवादियों के हमले बढ़ गए थे। तभी तो राम की खुशियों को ग्रहण लग गया। शायद यह खुशी यह हंसी-मजाक सब कुछ खत्म हो गया। राम को अपने पापा के साथ बस इतना ही समय था।

एक आतंकवादी हमले में अमरेंद्र शहीद हो गए। राम ने अपने पापा को अंतिम बार देखा। वह उस दिन उनसे वादा तो कोई नहीं कर पाया था, लेकिन हां मन में उसने पापा का चेहरा बसा लिया। एक फोटो की तरह।

अब पापा नहीं थे, लेकिन उनकी यादों को उसने अपने नजदीक समेट लिया। यूं लगता था कि कहीं पापा इन्हीं चीजों में उसके साथ हैं। हंसते हैं। खेलते हैं। मुस्कुराते हैं। बातें करते हैं।

पापा का कप, पापा की घड़ी, पापा की छतरी और सबसे ज्यादा पापा का पसंदीदा पर्पल रंग। उन सभी में वह घुल-मिल गया था। अब राम को वही सब कुछ पसंद था, जो पापा को था।

पापा जब उसे कोई कपड़ा दिलवाते या कोई सामान दिलवाते, तो चिढ़ाते हुए कहते, 'देखो राम यह पर्पल रंग की टीशर्ट कितनी अच्छी है। यह पर्पल जूते कितने अच्छे हैं। यह पर्पल रंग की जर्सी कितनी सुंदर है।'

तब राम तुनक जाता। राम तो अपने और रंगों को पसंद करता था। पर्पल को फेंक देता।

राम पिता के जाने के बाद और रंगों को भूल चुका था। उसे अच्छा लगता तो वही पर्पल रंग। पापा का पर्पल रंग।

वह पापा के वही काम करता, जो पापा को पसंद थे। सुबह चिड़ियों को चुगा डालना। उनके लिए पानी भर के रखना। पेड़-पौधों की देखभाल करना। बगीचे में रोजाना जाना। पापा के लगाए हर पेड़ को पानी देता था। अपने नन्हे कोमल हाथों से उनकी गुड़ाई भी करता। और पापा के पर्पल आम के पौधे की तो ऐसी सेवा करता, जैसे वह कोई कल्पवृक्ष हो। और हां सच में उसके लिए वह कल्पवृक्ष ही था। क्योंकि उसमें उसे पापा का प्यार दिखाई देता था।

लेकिन अब पापा का प्यार इस घर में कहां था। घर का तो सुख, चैन, खुशी, सब कुछ पापा के साथ चला गया। राम का बचपन खत्म हो गया था। वह जिद करना तो भूल ही गया था। उसकी अपनी इच्छाएं, अपने सपने, पापा की चिता में ही मानो जल गए थे। 9 वर्ष का राम अब मां के लिए जी रहा था। पापा के सपनों के लिए जी रहा था। वह मां को सदैव खुश रखता। मां के सामने कभी रोता नहीं था। हां अकेले में पापा की याद आती तो चुपचाप नम आंखों से सब कुछ याद कर लेता।

समय बदलता है। मौसम बदलते हैं। यह सब तो राम के जीवन में भी हुआ। बरसात से सर्दी, सर्दी से बसंत। मौसम बदले, समय बदला। बगीचे में भी बसंत छा गया। नयी कोंपलों और फूलों से वृक्ष लद गये। पक्षियों के कलरव की ध्वनि, हर ओर सुनाई देती।

पेड़ पर मंजरी आने लगी थीं। उन छोटी-छोटी मंजरियों को देखकर राम खुश था। लेकिन उसे सबसे अधिक खुशी थी कि पापा के पर्पल आम के छोटे से पौधे पर भी मंजरी झूल रही थी।

वह दौड़कर मां के सामने पहुंचा। पहली बार वह घर चहका था। राम बोला, 'मम्मा, पापा वाले पर्पल आम पर बोर आ गया है। मुझे लगता है इस बार हम पर्पल आम खाएंगे।'

मां ने राम के उत्साह को एक झटके में खत्म करते हुए कहा, 'बेटा कच्चे आम हरे होते हैं और पककर पीले हो जाते हैं।'

राम बोला, 'लेकिन पापा ने तो पर्पल बताए थे।'

मम्मा बोली, 'पापा ने झूठ बोला था।'

राम मां के इस वाक्य को सहन नहीं कर पाया। उसे लगा मां ने गलत बोला

है। थोड़ा-सा रुककर वह पहली बार मां से तेज आवाज में बोला, 'नहीं मम्मा, पापा झूठ नहीं बोलते। मेरे पापा झूठ नहीं बोलते।'

मम्मा सिर्फ इतना ही बोल पाई, 'बेटा राम।'

लेकिन राम धैर्य के बांध को तोड़ चुका था। भरे गले से वह बोल पड़ा, 'नहीं मम्मा, आप झूठ बोलती हैं। पापा झूठ नहीं बोलते।' इतना कहकर राम बुरी तरह फफक पड़ा। पिता की मृत्यु के बाद आज पहली बार राम की आंखों के आंसुओं का बांध टूटा था। मां समझ गई थी, मेरी बात राम का दिल दुखा गई है। मां ने राम को काफी समझाया। उसे चुप करने का प्रयास किया। लेकिन राम तो बस एक ही बात बोल रहा था, 'पापा झूठ नहीं बोलते। मम्मा, पापा झूठ नहीं बोलते।'

राम चुप नहीं हुआ। मम्मा की आंखें भी राम के इस दर्द में साझीदार हो गईं। आंसू बह निकले। उस दिन राम मां से भी नहीं माना। मां समझ गई थी। वह राम से अब कभी पापा के खिलाफ बात नहीं करेगी।

आठ-दस दिन बाद वृक्षों की डालियां फलों से झूमने लगीं। राम को यह सब अच्छा लग रहा था। हर पेड़ का फल उसे आनंद दे रहा था। लेकिन यह क्या, पापा वाले पर्पल आम के पेड़ पर तो कच्चे आम हरे ही आए हैं।

मम्मा सही कह रही थीं। पहले कच्चे आम हरे होंगे और फिर पककर पीले। वह सोचने लगा। उसका दिमाग कौंधा। वह फुसफुसाया, 'पापा झूठ नहीं बोलते।'

लेकिन मां हरे आम देखेगी तो पापा की बात झूठी हो जाएगी। लेकिन पापा झूठ नहीं बोलते, यह विश्वास मां को दिलाना है। मुझे कुछ करना होगा।

उस छोटे से बालक के दिमाग में जाने कितने विचार आए। तब अंत में उसने अपने रंग और ब्रश उठाए और बगीचे में पहुंचा। जो भी छह-आठ कच्चे आम थे, उन पर जैसे-तैसे पर्पल रंग कर दिया। अब वे आम कुछ-कुछ पर्पल तो कुछ-कुछ हरे दिख रहे थे। मतलब पापा की बात भी सच थी तो मम्मी की भी झूठी नहीं थी।

'बस अब ठीक है।' इतना बोल कर राम घर की ओर दौड़ पड़ा।

और मां से बोला, 'मम्मा चलो, जल्दी चलो।'

मां कुछ काम कर रही थी। राम से बोली, 'अभी मैं काम कर रही हूं।'

'नहीं मम्मा चलो, जल्दी चलो। काम को छोड़ो।'

'क्यों?'

'आम आ गए हैं। कच्चे कच्चे आम।' फिर थोड़ा शांत होकर बोला, 'देखो मम्मा, पापा झूठ नहीं बोलते थे। पर्पल आम भी आए हैं।'

मां समझ गई थी, अब तो उसे जाना ही पड़ेगा। अपना काम छोड़ वह उठ खड़ी हुईं। राम उसे खींचता हुआ बढ़ चला। वह मम्मा को पर्पल आम के पेड़ के पास लेकर पहुंचा। छोटे से पेड़ पर छोटे–छोटे छह–आठ आम झूल रहे थे। सभी पर्पल रंग में रंगे थे। राम ने उन फलों को हाथ में लेकर मां से कहा, 'मम्मा देखो ना देखो, पर्पल रंग के आम। मम्मा पापा झूठ नहीं बोलते।'

लेकिन यह क्या? उन फलों का गीला पर्पल रंग राम के हाथों पर चिपक गया था। राम सकुचा गया। उसकी झूठ खुल गई थी। वह निरुत्तर था। मां को देखकर एकदम सकपका गया और एकाएक भरे गले से मां से लिपट गया। भरे गले से बोला, 'मम्मा, पापा झूठ नहीं बोलते। पापा झूठ नहीं बोलते।'

मां ने राम को अपनी बाहों में भर लिया। मां की आंखों से भी आंसुओं का सैलाब उमड़ पड़ा।

भर्राये गले से मम्मा इतना ही बोल पाई, 'तुम सच कहते हो बेटा, पापा झूठ नहीं बोलते। पापा झूठ नहीं बोलते।'

डॉ. सत्यनारायण सत्य

समता भवन के पास, रायपुर,
जिला-भीलवाड़ा-311803
मो. : 9460351881

12 जून 1980 को रायपुर जिला भीलवाड़ा में जन्में डॉ. सत्यनारायण सत्य हिन्दी बाल साहित्य पर शोध कार्य करके पीएचडी की उपाधि से विभूषित हैं।

विभिन्न पत्र-पत्रिकाओं में नियमित प्रकाशित होने वाले डॉ. सत्य की प्रकाशित पुस्तकें हैं- दिन फिर आए छुट्टी वाले (बाल कविता संग्रह) अनोखा फैसला (बाल कथा संग्रह) धन-धन म्हारो राजस्थान (राजस्थानी बाल कविता संग्रह) समय के साथ-साथ (कविता संग्रह) ।

राजस्थान शिक्षा सेवा में हिन्दी के स्कूल व्याख्याता डॉ. सत्य राजस्थानी भाषा, साहित्य एवं संस्कृति अकादमी, बीकानेर, भारतीय बाल कल्याण संस्थान खटीमा (उत्तराखण्ड), महाकाली साहित्य संगम कंचनपुर (नेपाल) पूर्वोत्तर हिन्दी अकादमी शिलांग (मेघालय) सहित अनेक संस्थाओं से पुरस्कृत-सम्मानित हैं तथा बाल साहित्य सृजन के साथ बाल साहित्य के विविध पक्षों पर आलोचनात्मक लेखन भी करते रहे हैं।

झण्डा ऊंचा रहे हमारा

हवा के तेज झौंके से उड़कर आई बारीक रेतीली मिट्टी ने मूंगाराम की नींद उड़ा दी। वैसे तो मूंगाराम दिन के समय कभी सोता नहीं था, पर आज रेतीले धोरों पर बकरियाँ चराते-चराते न जाने कैसे झपकी लगी और ऊंघने की कोशिश नींद में बदल गई। आँखे मसल कर देखा तो बकरियाँ तेज धूप के कारण खेजड़ियों की छिट-पुट छाया में सुस्ता रही हैं। अपने पास ही पड़े पानी के लोटे से कुछ पानी अपनी आंखों पर छिड़का और-हर्र-हर्र, हुरे- हरे करता बकरियों को हाँकने लगा। डर यह भी था कि बकरियाँ चरते-चरते कहीं दूर ना चली जाए।

मूँगाराम, राजस्थान के आखिरी छोर पर बसे जिले जैसलमेर में पोकरण के पास की ढाणी का ग्यारहवीं कक्षा का होनहार विद्यार्थी था, उसके गांव के ज्यादातर लोग कमाने-धमाने बाहर चले गए और अब सौ-पचास लोगों की यह बस्ती गांव से ढाणी में बदल गई। नाम रह गया रेबारियों की ढाणी। और अब इस ढाणी के कुछ लोग तो जोधपुर-पाली तक काम-धंधे पर चले गए। बाकी सब अपना वही पुश्तैनी व्यवसाय-ऊँट पालन व बकरी पालन कर गुजारा करते।

रेबारियों की ढाणी में मूँगाराम पहला बच्चा है जिसने दसवीं कक्षा उत्तीर्ण की है। बाकी तो तीसरी-चौथी पढ़कर ही गाँव की टाबर टोली ऊँटों की सार संभाल में लग जाती है, लेकिन ये मूँगा की लगन व परिश्रम का ही नतीजा है कि उसने अपनी प्राथमिक शिक्षा रेबारियों की ढाणी के प्राइमरी स्कूल से पूरी करके इसी साल पोकरण के उच्च माध्यमिक स्कूल में ग्यारहवीं कक्षा में प्रवेश लिया। बचपन से ही मूंगाराम पढ़ने में तेज, होशियार व चंचल बुद्धि का बालक था। विद्यालय में सदैव अव्वल आता रहा। और जैसे ही स्कूल की पढ़ाई का काम खत्म होता, घर पर पिताजी का ऊँटों के पालन व बकरियों के चराने में मदद का काम शुरू कर देता था। जब बहुत छोटा था मूँगा, यही कोई चौथी-पांचवी में पढ़ता होगा, उसके साथी

'मूँगो-मूँगो-मूँगा लाल,

घरे बणाओ-मूंगां की दाल'

कह कर चिढ़ाया करते थे। अपने अटपटे नाम और सहपाठियों की हरकतों से मूँगा कई बार अनमना-सा हो जाया करता था। रोता-कलपता अपनी माँ की गोद में आकर शिकायत किया करता था, 'क्या माँ, तुमने भी मेरा नाम मूँगा क्या रख दिया, मैं बच्चा हूँ, बच्चा, और सबने मुझे दाल बना कर रख दिया है।'

बच्चे के भोलेपने पर माँ हँसकर जवाब देती, 'नहीं रे मेरे लाल, तू तो बड़ा मूँगा है हमारे घर-परिवार में, रामदेवजी के कितनी मिन्नतें मांगी, कितनी धोक लगी, कितनी बार पैदल जा-जाकर ध्वजाएँ अर्पित की, तब जाकर तेरा जन्म हुआ है। इसीलिए तू मूँगा लाल है। किसी मायने में तू सस्ता नहीं है, मेरे मूँगा।' और मूँगा हूँ, तभी तो रेबारियों की ढाणी में आज तक कोई भी चौथी से आगे नहीं पढ़ पाया और मैं दसवीं पास करके अब पोकरण के सरकारी सीनियर स्कूल में भर्ती हुआ हूँ।' वह खुश होकर कहता। धीमे-धीमे उसके साथ पढ़ने वाले बच्चे अलग-अलग कक्षाओं में फेल होते गए और उसको चिढ़ाने वाली पंक्तियाँ -

'मूंगो-मूंगों-मूंगा लाल,

घरे बणावो मूंगां की दाल' कब की गायब हो गई।

अब स्कूलें खुल गई और मूँगालाल, जो स्कूल में मूँगाराम था, पढ़ाई में व्यस्त हो गया था। कभी जब छुट्टी होती या एक बजे स्कूल की छुट्टी मिलती तो वह कभी-कभार ऊँट या बकरियाँ लेकर रेतीले धोरों की ओर निकल आता। जहाँ रेत पर बैठा-बैठा कभी भूतकाल की बातें सोचता, कभी भविष्य की। ढाणी से कुछ दूर ही भारत-पाकिस्तान की अंतर्राष्ट्रीय सीमा थी, जहाँ हर समय सैनिकों की हलचल देखी जा सकती थी। आए दिन सीमा पर होती गोली बारी, आतंकवादियों की हरकतों से आस-पास के ढाणी गाँव वाले परेशान होते थे। पर भारतीय सेना ने उन्हें निश्चिंत कर रखा था कि जब भी कोई समस्या या तकलीफ हो तो निःस्संकोच उन्हें बतायें, सूचित करें।

घर से निकलते समय पिताजी जरूर समझा-बुझा के भेजते थे, 'मूंगा देख, ध्यान रखियो, कहीं कोई ऊँट या बकरी गलती से भी सीमा पार ना चला जाए। और फिर भी चला भी जाए तो तू उनके पीछे-पीछे मत चला जाना। ढोर-ढंखार का तो कोई भरोसा नहीं। जाए तो जाए पर तेरी खूब फिक्र हैं हमें। पहले भी कई गड़रिये और चरवाहे, ऊँटों-बकरियों के साथ भूलवश सीमा पार चले गए थे। बाद में लाख मिन्नतों के बाद भी पड़ौसी देश की सेना ने उन्हें नहीं लौटाया।'

'नहीं बापू, मैं तो कभी ऐसा नहीं करता। तार बंदी से तो मैं बहुत पीछे रहता हूँ, और बकरियों को भी जाने से रोकता हूँ। कई बार मेजर अंकल और सरपंचजी ने भी मुझे तारों के पास जाने से रोका था।'

इस तरह से मूँगा और उसके परिवार की गाड़ी ठीक ठाक से चल रही थी।

कुछ ही समय बाद देश का स्वाधीनता दिवस आनेवाला है। 15 अगस्त, जो उसके स्कूल के साथ-साथ ढाणी में भी उत्साह से मनाया जाता रहा है। तिरंगा झंडा फहराने के साथ ही ढाणी के कई घरों में स्कूल, पंचायत और सैनिकों द्वारा मिठाई भी बाँटी जाती है। इस वजह से पंद्रह अगस्त का मूँगा और उसकी ढाणी के लिए विशेष महत्व है।

एक दिन स्कूल में गुरूजी समझा रहे थे, 'बच्चो, जैसा कि आप सब जानते हैं, इस बार भी हर बार की तरह हमारे स्कूल में भारतीय अस्मिता व गौरव का प्रतीत स्वतंत्रता दिवस, पंद्रह अगस्त को पूरी धूमधाम और उमंग के साथ मनाया जाएगा। सभी सरकारी इमारतों और कार्यालयों में तो राष्ट्रीय ध्वज फहराया ही जाएगा। अब ध्वज संहिता में परिवर्तन हो चुका है। आप चाहें तो अपने घरों में भी ध्वज फहरा सकते हैं। हाँ, इतना ध्यान रहे कि उसकी गरिमा का पूरा सम्मान रखा जाए। एक बात और, हमारी यह रेबारियों की ढाणी, सीमा के एकदम सटी हुई है। ऐसे राष्ट्रीय मौकों पर दुश्मन देश भी अपने नापाक मंसूबों के साथ शांति भंग करने की कोशिश में लगा रहता है। अगर आपको अपने घर-मौहल्ले, खेत-खलिहान या किसी सरकारी भवन में कोई लावारिस वस्तु नजर आए या अपने इलाके में कोई संदिग्ध व्यक्ति, अनजान लोग या कोई हलचल नजर आए तो जरूर मुझे, सेना मुख्यालय या पेुलिस विभाग को सूचित करें। यह राष्ट्र की और हम सबकी सुरक्षा के लिए आवश्यक है।'

गुरूजी की बात सुनकर मूँगाराम सतर्क हो गया। साथ ही उसके साथी प्रतापराम, खेमाराम, चमनाराम, चूनाराम सभी ने एकस्वर में स्वतंत्रता दिवस मनाने का प्रण किया और गुरूजी से यह भी कहा कि हम अपने देश की रक्षा के लिए तन-मन-धन-जीवन सब कुछ समर्पित कर देंगे। बात आई-गई हुई। पंद्रह अगस्त की तैयारियाँ जोर-शोर से होने लगी। सीमावर्ती इलाका होने के कारण पुलिस, गुप्तचर विभाग और सेना के वाहन की तादाद भी ढाणी के आस-पास बढ़ने लगी।

एक दिन स्कूल में पंद्रह अगस्त की रिहर्सल से मूँगाराम घर लौटा ही था कि दो-चार अनजान लोग फेरीवाले के रूप में उसकी ढाणी की टोह लेते नजर आए।

जब उसने ध्यान से देखा तो वो सकपका कर अपना सामान आगे ले जाकर बेचने की आवाजें लगाते आगे बढ़ गए। गांव और ढाणी के पास से ही ऐसे दो-चार लोगों को देख कर मूँगाराम ने कुछ शंका के साथ अपने पिता से बात की। पिता ने भी हलके में लेते हुए कह दिया, 'वा रे मूँगा! तू भी कैसा-कैसा ऊटपटांग सोचता है। बेचारे पेट भराई के लिए चद्दर, प्लास्टिक के सामान बेचने निकले हैं। बेच-बुचा कर चले जाएँगे।'

तेरह अगस्त की रात मूँगा और प्रतापराम टहलते-टहलते दूर ढाणी से आगे निकल गए। आगे एक सुनसान रास्ता था, जो कच्ची पगडंडी के रूप में रेल्वे लाईन की ओर जाता था। मूँगाराम की यह रेबारियों की ढाणी जोधपुर-जैसलमेर रेल्वे लाईन के पास ही बसी हुई थी। रेल्वे लाईन की तरफ जाने वाली पगडंडी पर थोड़ा आगे बढ़े ही थे, तभी मूँगाराम को फुसफुसाहट भरी कुछ हलचल सुनाई पड़ी। थोड़ी हिम्मत कर आगे बढ़े, तो पोखर के पास पुरानी खेजड़ी के तले दो-चार लोग घेरा डाले बैठे थे। शुक्ल पक्ष की चांदनी रात में थोड़ा-सा आँखों को फैलाकर देखा तो आँखें फटी की फटी रह गई। इन लोगों में से दो तो वही थे, जो फेरीवाले बन कर ढाणी के आस-पास दो-चार दिन पहले घूम रहे थे। आंखों के साथ प्रतापराम ने कान भी पास लगाया तो आवाजें आना स्पष्ट हो गई। एक व्यक्ति कह रहा था, 'देखो हमारे लिए आज और कल की रात ही बची है। परसों तो ये लोग पंद्रह अगस्त मनाएँगे। कल चौदह अगस्त की रात है और ढाणी के आस-पास का इलाका भी सुनसान है। रात की ठीक साढ़े ग्यारह बजे जोधपुर-जैसलमेर इंटरसिटी एक्सप्रेस इस ढाणी के आस-पास से गुजरेगी। मैंने भाई से कह दिया है, छोटू यह काम कर देगा। अब तुम्हारी मर्जी।'

'नहीं-नहीं उस्ताद, आपने जैसा कहा, वैसा ही होगा। मैं रात को दस बजे आकर ही रेल्वेलाईन पर टाईमर लगा बम फिट कर दूँगा। जब रात को साढ़े ग्यारह बजे इंटरसिटी एक्सप्रेस यहाँ से गुजरेगी, तब जो धमाका होगा, जो चीख-पुकार मचेगी, उससे जैसलमेर-जोधपुर ही नहीं नई दिल्ली तक गूँज उठेगी। फिर वही इस मुल्क का असली स्वतंत्रता दिवस होगा।' हा-हा-हा और तेज स्वर में हँसने की आवाजें आने लगी।

'ओर हाँ, छोटू! तुम तो टाईमर बम लगा कर दस बजे ही तुरंत यहाँ से निकल जाना। धमाके के आस-पास अपना कोई साथी यहाँ मौजूद नहीं रहना चाहिए।'

'जी, उस्ताद!' ऐसा कहकर वह ठिगने कद का व्यक्ति तथा उसके साथी रेतीले

धोरों में कहीं लुप्त हो गए।

मूँगाराम व प्रतापराम ने दूसरे ही दिन इस घटना की जानकारी अपने गुरूजी को दी। गुरुजी की सूचना के माध्यम से खुफिया विभाग और सेना-पुलिस के जवान भी सतर्क हो गए। एक स्पेशल ग्रुप का गठन किया गया और यह तय किया गया कि आतंकवादी ठीक दस बजे बम व टाईमर सैट करेंगे तथा इंटरसिटी एक्सप्रेस गुजरने का वक्त साढ़े ग्यारह बजे का है। कुल मिलाकर डेढ़ घंटे में या तो आतंकवादियों को ठिकाने लगाना है या फिर टाईमर व बम को निष्क्रिय करना है।

चौदह अगस्त की रात आठ बजे मूँगाराम व प्रतापराम की बताई जगह पर बम निरोधी दस्ता, खुफिया पुलिस की टीम व सेना के जवान घटनास्थल पर तैनात कर दिए गए। आतंकवादियों का वह दल अपने तयशुदा कार्यक्रम के अनुसार साढ़े नौ बजे ही खेजड़ी के पास की रेल्वे पटरी पर आ पहुँचा। अब सभी को मूँगाराम व प्रतापराम की बातों में सच्चाई नजर आने लगी थी। फिर भी तय यह किया गया कि आतंकवादियों को उनका अपना काम करने दिया जाए। हमें बम को भी निष्क्रिय करना है और आंतकियों को भी जिंदा पकड़ना है। जैसे ही आतंकवादी रेल्वे पटरी पर बम सेटकर धोरों की तरफ खिसके तुरंत एसपीजी कमांडो का एक ग्रुप उनके पीछे साए की तरह लग गया और बम निरोधक दस्ता, रेल्वे पटरी पर पहुँच कर उसे निष्क्रिय करने में जुट गया।

डेढ़ घंटे बाद, लगभग ग्यारह बज कर पैंतीस मिनट हुए होंगे कि रेल की सीटी सुनाई दी। तब तक बम निरोधक दस्ता अपना काम कर चुका था। बम को निष्क्रिय कर दिया गया। और तभी धड़-धड़ाती हुई इंटरसिटी एक्सप्रेस रेबारियों की ढाणी से निर्बाध रूप से गुजर गई। सभी ने राहत की साँस ली। उधर आतंकवादियों के समूह को बड़ा अचंभा हुआ कि ट्रेन आराम से गुजर गई, फिर बम फटा क्यों नहीं ?

'क्यों छोटू, तुमने बम तो ठीक से लगाया था, फिर गाड़ी कैसे निकल गई ? कोई धमाका नहीं, ऐसा कैसे ?'

'जी, उस्ताद, मैं भी यही सोच रहा हूँ। बम फटा क्यों नहीं ?'

'अरे, बम नहीं, तुम्हारा भांडा फूट गया है। कायरों-नालायकों,' मूँगाराम जोर से चीखा। तब तक सेना और पुलिस जवानों ने धोरों के बीच आतंकवादियों को घेर लिया था। सभी को गिरफ्तार किया जा चुका था। अगले दिन अखबारों में मूंगा राम, प्रतापराम और उसके साथियों के बहादुरी के किस्से भरे पड़े थे।

आजादी का जश्न ढाणी की स्कूल, पोकरण के स्कूल और लाल किले

पर धूमधाम से मनाया जा रहा था। सरपंच, सेना के कैप्टन और स्कूल के प्रधानाध्यापकजी सभा में मूँगाराम के मूँगे इरादों की चर्चा कर रहे थे और मूँगाराम भी मन ही मन गा रहा था –

'झण्डा ऊँचा रहे हमारा,
विजयी विश्व तिरंगा प्यारा।।'

* 9 7 8 9 3 5 4 8 6 7 2 1 7 *

FCW - #0222 - 061026 - C0 - 216/140/6 - PB - 9789354867217 - Gloss Lamination